爱默生散文选

(美)拉尔夫·瓦尔多·爱默生(Ralph Waldo Emerson) 著

张艳君 田 野 洪珊珊 编译

哈尔滨工业大学出版社

图书在版编目（CIP）数据

爱默生散文选 /（美）拉尔夫·瓦尔多·爱默生
（Ralph Waldo Emerson）著；张艳君，田野，洪珊珊编
译． — 哈尔滨：哈尔滨工业大学出版社，2022.8（2024.6 重印）
ISBN 978-7-5767-0334-4

Ⅰ.①爱… Ⅱ.①拉…②张…③田…④洪… Ⅲ.
①散文集-美国-近代 Ⅳ.①I712.64

中国版本图书馆 CIP 数据核字（2022）第 147440 号

策划编辑	张凤涛
责任编辑	马　媛
装帧设计	博鑫设计
出版发行	哈尔滨工业大学出版社
社　　址	哈尔滨市南岗区复华四道街 10 号　邮编 150006
传　　真	0451-86414749
网　　址	http://hitpress.hit.edu.cn
印　　刷	哈尔滨博奇印刷有限公司
开　　本	787mm×1092mm　1/16　印张 10.25　字数 160 千字
版　　次	2022 年 8 月第 1 版　2024 年 6 月第 2 次印刷
书　　号	ISBN 978-7-5767-0334-4
定　　价	69.00 元

（如因印装质量问题影响阅读，我社负责调换）

目 录

爱	1
友谊	12
谨慎	28
艺术	39
诗人	49
性格	70
礼貌	85
礼物	105
自然	110
生活的准则——财富	126
生活的准则——行为举止	145

爱

　　心灵的每一个承诺都有无数个实现方式,它的每一份欢乐都会逐渐成熟起来,变成一种全新的渴望。不可控制、肆意流动、颇具前沿的天性,在初期的仁爱之中已经预见到了一种仁慈,这种仁慈必将在普遍的光芒之下失去所有特别的关注。这种幸福是在人与人之间的私人和亲密的关系当中引进的,这便是人生的魅力所在;它就像一种神圣的愤怒和热情,在一个时期抓住了人,并在他的思想和身体中进行了一场伟大的革命,将他与他的同类联合在一起,保证他与家庭和社会之间的关系,并以新的同情将他带入大自然之中,增强感官的力量,打开想象力,为他的性格增添英雄和神圣的品行,建立婚姻关系,并为其赋予人类社会的永恒意义。

　　爱情是似水柔情与沸腾欲火的自然结合,这一结合似乎提出了这般要求:情感与血液的全盛期之间的自然联系似乎要求,为了用生动的色彩来描绘少男少女那如歌如泣的爱情经历,一个人不能显得老态龙钟。年轻的美好幻想揉不得半点儿成熟哲学中索然无味的东西,因为它会用年迈的迂腐来冻结他们的紫色花朵。因此,我知道我招致了指责,那些组成"爱的法庭和议会"的人认为我表现得过于强硬和冷酷。但是我要躲避那些令我畏惧的吹毛求疵之人,求助于那些德高望重的年长之辈。因为我们所说的这种激情,虽然是始于年轻人,但并非是要摒弃老年人,更确切地说,它不会让全心全意的仆人变得暮气沉沉,而是使老年人参与其中,一起分享爱情之美,老年人不亚于温柔的少女,只是表达的方式有所不同,境界显得更高而已。因为它是一团烟火,它刚刚在一颗心灵深处化为余烬,又被另一颗心灵迸发出的游荡火花重新燃起,它不断地燃烧,火势愈来愈大,直到这熊熊烈焰温暖并照亮了众男众女,照亮了全人类的共同之心,从而也照亮了整个世界和大自然的万物。因此,我们无论试图描述二十岁、三十岁或八十岁时的激情,这其实并不重要。倘若你描绘它的初期,就会失去它的后期。描绘它的末期就会失去它早期的一些特征。因此,唯一的希望便是通过耐心和缪斯的帮助,洞察规律的内在机理,它一定会把青春永驻、韶光永存的真理进行全面集中的描述,以至于无论从什么角度去看,它都会以立体化的形态在我们眼前呈现出来。

  首要条件则是:我们必须不拘泥于事实,并研究出现在希望之中而不是历史之中的情感。因为每个人都会看到自己的生活支离破碎、残破不堪,而人生在他的想象中却并不是这样。每个人都会从自己的经历中看到某种错误留下的痕迹,而其他人的错误经历则看起来公平而理想。那些融洽的关系使所有人的生活变得愈加美好,给人最真诚的教导和滋养,现在如果让一个人回首那些关系,他一定会退缩和叹息。唉!我不知道为什么,但当人生进入成熟阶段之后,无限的内疚使青春时期的喜悦记忆变得苦涩难耐,并掩盖了每一个心爱的名字。从理智的角度来看,或从真理的角度来看,一切事物都是美丽的。但如果被视为经历,这一切都是酸涩的。细节总是令人忧郁;计划看似合理而高尚。在现实世界——时间和地点的痛苦王国里——居住着重重忧虑、满目疮痍和深层恐惧。对于思想,对于理想,就有了不朽的欢乐,就有了欢乐的玫瑰。所有的缪斯围绕着它歌唱。但悲伤总是与一个个名字、一个个人以及今天和昨天的部分利益休戚相关。

私人关系这一话题在社交会话中占有相当的比例,天性的强烈倾向也因此可见。对于一个有价值的人而言,我们希望知道什么,就像他在自己的感情历史一样表现得那样引人注目?流动图书馆中有哪些书在流通?当以任何真实和自然的火花讲述故事时,我们在阅读这些充满激情的小说时会是多么激动啊!在生活交往中,什么会像任何背叛双方感情的段落一样引人入胜?也许我们以前从未见过他们,以后也不会再见到他们。但我们看到他们暗送秋波,或流露一种深情,我们就不再是陌生人。我们理解他们,并对浪漫的发展抱有极大的兴趣。世间之人皆为有情人。意得志满和仁爱善良的最初表现就是来自天性的最为成功画面。这是粗野之人身上所散发的优雅曙光。粗鲁的乡村男孩子总是在学校门口取笑女孩子们——但今天,他跑进了校门,遇到一个漂亮的女孩子正在整理她的书包,他拿着她的书来帮她一起整理。在他看来,她似乎会立刻远离他。他竭尽所能地在成群结队的女孩子当中横冲直撞,但只有一个女孩子与他保持很远的距离;而这两个刚刚如此亲密的小邻居,现在已经学会了尊重彼此的个性。她们走进乡村商店去买一缕丝绸或一张薄纸,却与这位脸盘圆润、性情温和的店员谈天说地。谁能把目光从女生们那种迷人的、半巧妙的、半天真的言谈举止之中移开呢?在村子里,他们的地位完全平等,这是爱所乐见的,没有任何卖弄风情,女人的快乐、深情的天性便在这美丽的闲谈之中流露出来。这些女孩子的容貌可能看起来没有多么娇美,但显而易见的是,她们与好男孩子们之间建立了最融洽、最互信的关系,因为她们真诚而乐观地谈论有关埃德加、乔纳斯和阿尔米拉,谈论谁被邀请参加聚会,谁在舞蹈学校学习跳舞,歌唱学校什么时候开学,以及其他方面的闲谈。渐渐地,这个男孩子想要拥有一个妻子,他会非常真诚地、由衷地知道在哪里可以找到一个真诚、甜蜜的伴侣，而不会冒着像弥尔顿所说的学者和伟人们容易偶遇的风险。

有人告诉我，在我的一些公开演讲中，由于我对理智的崇敬导致我对私人关系表现出不公正的冷淡。但现在，我想起这些轻蔑的话就几乎退缩了。因为人本身就是爱的世界，年轻的心灵在自然之中徘徊，而后融入爱的力量，最冷酷的哲学家描述这一景象时，也会不由自主地收回贬损社会本能的一些话，因为这是对自然的叛逆。因为，虽然从天而降的喜悦只会落在那些年幼无知的人身上，无法分析、难于比较，使我们疯狂的面容在三十年后很难见到，但是，对这些景象所留存的记忆比所有其他记忆都要持久，而且成为戴在额头上的最古老花环。但这里有一个奇怪的事实：在许多人看来，他们在回首自己的经历时会发觉，他们的人生之书中没有比对某些段落的美好记忆更美好的一页了。在这些段落中，情感设计出一种魔法，它超越了自身真理的深刻吸引力，将偶然和琐碎的情节融入其中。回首过去，他们可能会发现，对于这种摸索的记忆来说，有几件不是魅力的事情比内化于心的魅力本身更加真实。但不管我们的经历具体是怎样的，没有人会忘记这种力量对他的心灵和大脑的拜访，这种力量创造了一切新事物。这是他在音乐、诗歌和艺术方面的黎明；这使大自然的脸上闪耀荣光，使昼夜充满各种各样的魅力；在那时，一个声音的一个音调就可以扣人心弦，与一种形式相关的最琐碎的情形被放置在记忆的琥珀中；在那时，一个人出现在现场，他就会将全部目光聚焦于其身上；一个人要离开时，他就会将思念化为所有的记忆；在那时，年轻人对着窗户凝望远方，看到一只手套、一副面纱、一条缎带或马车轮子也会心神往之；在那时，没有一个人归于孤独，没有一个地方过于沉寂，因为他的新思想中有着比任何老朋友（尽管是最好的、最纯洁的)更丰富的友情和更甜蜜的交谈;对于这个被爱对象的形象、动作和言语来说,它们不像其他用水写下的形象,而是如普鲁塔克所说的"用火烧了瓷器"的形象,并成为午夜思索的对象:

"你虽已离去,但并未离去,无论你在何处,
你都把你那凝望的双眸、深情的心留在了他身上。"

在人生的中年时期和晚年时期,回首往昔便会怦然心动,因为那些幸福还不够幸福,而且一定被痛苦和恐惧的滋味麻醉了。有人曾这样诉说爱的秘密,这可算深得个中三昧:

"所有其他的快乐都抵不上它的痛苦。"

那时,白天过于短暂,夜晚也必须沉浸在痛彻的回忆当中;那时,因为决定做意见慷慨的事情而热血沸腾、辗转反侧;那时,月光是一种令人愉悦的狂热,星星是文字,鲜花是密码,微风被谱写成了乐曲;那时,一切事物似乎都很无礼,大街上跑来跑去的男男女女不过只是图片罢了。

激情为年轻人重建世界。它使世间万物活力四射和意义非凡。大自然也变得拥有了自主意识。如今,树枝上的每一只鸟都在向他的心灵歌唱。这些音符看起来几乎清晰明了。当他抬头仰望天空,云彩也拥有自己的面庞。森林里的树木、摇曳的小草和窥视的花朵也变得聪明伶俐起来;他几乎不敢相信他们会说出他们似乎求知的秘密。然而,大自然总是会抚慰和同情。在绿色的孤寂之中,他找到了一个比与人相处更珍贵的家园:

"清澈的泉眼和无径的树林,

苍白的热情喜欢月光漫步的地方,

当所有的家禽都安全栖息时,

除了蝙蝠和猫头鹰——

午夜的钟声,片刻的呢喃——

这些都是我们向往的声音。"

看,树林里有一个可爱的疯子!他是一座充满甜美声音和美丽景色的宫殿,他在不断扩大,他的个头有两个人高,他双手叉腰走路,他自言自语,他与花草树木搭讪,他感到自己的血管里流淌着紫罗兰、三叶草和百合花的鲜血,他和弄湿他双脚的小溪促膝而谈。

那开启他对自然之美的热情使他热爱音乐和诗歌。人们经常可以观察到这样一个事实:人们在激情的鼓动下写出了美妙的诗句,而在其他任何情况下却不可能写出来。

相似的力量使他的天性之中充满了激情。它扩展了情感,它让粗鄙之人变成文雅绅士,让胆小之人变成勇气之士。它会在最可怜和最卑鄙的人身上注入一颗征服世界的雄心和勇气,所以只有它才能获得心爱对象的支持。虽然它把他交给了别人,更需要的是把他交给他自己。他是一个全新的人,有着新的认知、新的更加强烈的目标,以及庄严的性格。他不再依附于家庭和社会,他有他自己的重要性,他是一个人。

在这里,让我们更深入地研究一下这种影响的性质,因为这种影响对年轻人而言非常强大。我们现在赞扬美对人类的启示,无论太阳在哪里发光,它都一样受到欢迎。美正如太阳一样,它能够取悦所有人,也能够让所有人对他们自己感到满意,因此美对于自身而言亦是满足的。深情的男子不能肆意地把他的姑娘描绘成他想象的那样贫穷和孤独。就像一棵开满鲜花的树木,那么柔软纤拂,那么含苞待放,那么可爱动人,这便是社会本身;她还教导他的眼睛,为什么美丽被描绘的时候总是要伴随着她的爱和优雅。她的存在使世界变得丰富多彩。虽然她把其他所有人从他的注意力中驱逐出去,说他们过于卑鄙、不值得,但她通过把自己的存在变成某种非个人的、庞大的、平凡的东西来补偿他,因此这个姑娘在他面前代表着所有精选的事物和美德。由于这个原因,那位深情的男子从来没有看到他的姑娘与她的亲戚或其他人身上有何相似之处。他的朋友们发现她长得像她的母亲、姐妹或跟她并无血缘关系之人。那位深情的男子看不到任何相似之处,他只看到她如同夏日的夜晚和璀璨的早晨,如同彩虹和鸟儿的歌声。

　　古人把美称为"德行的绽放"。谁可以分析出从某一个面容和身形上所闪现的那种难以名状的魅力呢?我们被温柔和自满的情绪所感动,但我们却从未发现这种娇俏的情感,这种飘忽不定的光芒最终会指向何处。如果尝试将其归结为生理构造,那么它的想象力就会遭到毁灭性破坏。它也没有指向社会上已知的和描述的任何友谊或爱情关系,但在我看来,它指向的是一个完全不同的、无法企及的领域,指向颇具超越性的微妙关系和甜蜜关系,指向玫瑰和紫罗兰所暗示和预示的东西。我们无法接近美。它的本性就像白乳鸽的颈部的光泽一样,转瞬即逝就发生在这一点上,它类似于那些最优秀的东西,它们都具有彩虹的特性,占有和使用的企图都无法得逞。让保罗·里希特尔对音乐说:"走开!走开!你对我说的是在我漫长的一生中我始终没有发现,也将永远不会发现的东西。"这还意味着什么呢?在每一件造型艺术作品中都可以观察到同样的流畅性。当一座雕像开始变得难以理解时,当它渐渐地没有受到批评时,当它不再能够用指南针和测量仪来约束时,但只要有一种积极的想象力始终跟随着它,并能够说出它正在做什么,在这个时候,这座雕像才算得上美丽。对于诗歌来说,成功不是在它平静和满足的时候获得的,而是在它使我们惊讶并激发我们再次努力去追求那无法实现的事情。关于这个问题,兰多尔询问说:"它是否指涉某种更纯粹的感觉和存在的状态呢?"

同样,个人美首先是魅力无穷的,那时,它使我们对任何目标感到不满,它本身就是迷人的;那时,它成为一个没有结尾的故事;那时,它暗示着光芒和憧憬,而不是世俗的满足;那时,它让旁观者感到自己的渺茫;那时,旁观者认为他无权占据它,尽管他是恺撒;他也无权占据天空和日落的壮丽景象。

于是就有了这样一种说法:"如果我爱你,那对你而言这意味着什么呢?"我们这样说是因为我们觉得我们所爱之物并不在自己的意志之内,而高于自己的意志。它不是你,而是你的光芒。它在你的身上,而你却全然不知,甚至永远也不可能知道。

各个时代真正的智者向我们讲述的爱与此极为相似。这一学说既不古老,也不新颖。如果柏拉图、普鲁塔克和阿普列乌斯都曾教过它,那么彼特拉克、米开朗琪罗和弥尔顿也都曾教过它。这种低下的谨慎用控制上层世界的语言主持着婚姻,而一只眼睛在地窖里徘徊,因此,它最严肃的话语也带有一种火腿和粉桶的味道。最糟糕的是,这种享乐主义侵入了年轻女性的教育体系之中,通过教导婚姻仅仅意味着家庭主妇的节俭,而女性的生活没有其他目标,从而使人性的希望和情感不断枯萎。

然而,这场爱情之梦虽然美丽,但也仅是我们戏剧中的一幕罢了。在由内向外的过程中,心灵不断扩大自己的圈子,就像扔进池塘的鹅卵石,或从球体发出的光芒一样。心灵的光芒首先照射在最近的事物上,照射在每一件器具和玩具上,照射在护士和佣人的身上,照射在房子、院子和过客的身上,照射在家庭熟人的圈子里,照射在政治、地理和历史上。但事物总是按照更高级或更内在的规律进行分类组合。邻居、大小、舒朗、习惯、人,逐渐失去了对我们的控制力。因果关系、真正的相似性、对心灵与环境之间和谐共存的渴望,进步的、理想化的本能,后来占据了主导地位,但从高级的关系倒退到低级的关系是不可能的。因此,即使被人奉为神明的爱,也必须一天天变得更加客观。一开始它并没有给出任何暗示。很少有人会想到,一对少男和少女在相邻的房间里互相看了一眼便暗送秋波,眼神里充满了对彼此的理解,很长一段时间后,从这种全新的、相当外在的刺激中产生珍贵的果实。植被的工作首先从茎皮和叶芽的萌发开始。他们从交换眼神,进一步发展到礼貌交往,然后是炽热激情,最后是缔结婚姻。激情把它的对象视为一个完美整体。

"她那纯洁而雄辩的血液
用她的双颊在诉说,而且活动得如此明显,
几乎可以说是她的身体在思考。"

如果罗密欧死了,他应该被切成一颗颗的小星星,让天空变得璀璨夺目。人生有了这样一对模范恋人,除了追求朱丽叶——除了追求罗密欧之外,生活就再也没有其他目标。这对恋人喜爱亲昵无间,忠于山盟海誓,喜欢比较彼此的问候。独处的时候,他们会用记忆中的对方形象来安慰自己。那么对方时不时也看到了同样的星星,同样正在消失的云彩,阅读了同样的书籍,感受到了同样的情感,这让我很高兴吗?他们试着权衡自己的感情,加上对利益、朋友、机会、财产的综合考量,欣喜若狂地发现，只要那可爱的头脑未受到丝毫伤害，他们会心甘情愿地、乐观豁达地付出一切去赎回美。但人类的命运就在这些孩子身上。危险、悲伤和痛苦降临到他们的身上，就像降临在所有人身上一样。爱在祈祷。为了这位亲爱的伴侣，它与永恒的力量缔结条约。姻缘便由此产生。它还为自然界中的一点一滴增加了全新的价值，因为它将整个关系网中的每一根线转化为一道金色的光芒，并将心灵沐浴在一种更加甜蜜的元素之中，然而这种缔结关系仍然只是一种暂时的状态。鲜花、珍珠、诗歌、抗议，甚至在另一个心中的家，都不能满足那深居于肉体之中的可怕心灵。它最终从这些可爱的玩具中唤醒自己，披上铠甲外衣，去实现广泛而普遍的目标。每个人的心灵都渴望完美的幸福，于是就在对方的行为中发现粗劣、缺陷和失衡的弊病。因此产生了惊讶、规劝和痛苦。然而，把他们吸引在一起的便是可爱的迹象、美德的迹象；而这些美德就存在于此，无论它们如何黯然失色，它们都会出现、再现并继续吸引；但是，关注发生了改变，放弃了征兆，并依附于实体。这就使得受伤的情感得以修复。同时，随着生命的逐渐流逝，事实证明，这是一场把各方所有可能出现的立场进行排列和组合的游戏，利用各方的所有资源，使每一方都能了解各方的优势和劣势。因为他们在彼此的心中应当相互代表人类，这就是这种关系的本质和目的。世界上的一切，无论是已经知道的还是应该知道的，都巧妙地塑造于男人或女人的身体之中。

  世界一直在转动，情况每时每刻都在发生变化。居住在这个身体圣殿里的天使出现在窗户上，侏儒和恶习也出现在窗户上。凭借所有的美德，他们结合为一体。如果有了美德，所有的恶习都为众人皆知，他们认罪之后便逃跑了。相恋情侣之间曾经炽热的爱意在各自的胸怀之中被时间唤醒，激烈在暴力中有所削减，范围却有所增加，因此它变成了一种彻底的良好理解。他们毫无怨言地接受男女双方各自被指定及时履行的有益任务,并交换曾经无法忽视其对象的激情,以期愉快、从容地推进彼此的计划,无论它存在与否。最后,他们发现,所有最初把他们联系在一起的事物——那些曾经神圣的特征,那种神奇的魅力——都是惊鸿一瞥,都有一个可预见的未来,就像建造房子的脚手架一样;年复一年地净化理智和心灵才是真正的婚姻,从一开始就预见和准备好了,这完全超越了他们的意识。看着两个人,一男一女,他们的天资千差万别但又息息相关,利用这些目标将他们关在一所房子里,在婚姻交流里度过四五十年的时光,我不奇怪心从婴儿早期就预言这场危机时为何这般强调,也并不奇怪为何装饰婚礼的美那么丰富多样,原来是天性、智慧和艺术在将带来的礼物与配乐旋律方面相互攀比。

因此,我们接受训练去追求一种爱,这种爱不分性别,不论人性,也不厚彼薄此,而是到处寻求美德和智慧,并以增加美德和智慧为目标。我们天生就是观察者,同时也是学习者。这是我们永久的面貌。但我们常常会觉得,我们的爱情不过是夜晚留宿的帐篷。虽然缓慢而痛苦,但爱情的对象会像思想的对象一样不断地发生变化。有时候,爱情支配并吸引着一个人,使他的幸福依赖于一个人或许多人。但是,人们很快就又会看到健康的心灵——它的拱形穹顶被无数的长明灯火照耀得通透明亮,当乌云笼罩在我们身上时,温暖的爱和恐惧必然会失去其明确的特性,从而达到自身的完美。但我们不必担心我们会因为心灵的进步而失去任何东西。心灵可以得到永远的信任。像这些关系那样美丽和诱人的东西,必须永远被更加美丽的东西所继承和取代,以此类推,直到永远。

友　　谊

　　我们比以往任何时候都要友善得多。尽管自私自利像东风一样肆虐着世界，但整个人类大家庭都沐浴在团结友爱的气氛之中，这种友爱的氛围就像美好的乙醚一样。我们曾经与多少人邂逅，我们几乎不和他们说话，但我们依然尊敬他们，他们也尊敬我们！我们在摩肩接踵的大街上看到过多少人，虽然我们之间默默无语，但内心却为与他们在一起而感到高兴！阅读这些飘忽不定的眼神所传达的言语，心底自然明了。

　　放纵这种人世间的情感所产生的效果便是某种真挚的愉悦。在诗歌和日常用语中，对他人的仁慈和自满情绪被比作火的物质效果；这些精细的内心关照是如此迅速，或者更加迅速，更加活跃，更加欢呼。从最高程度的激情之爱到最低程度的人性良善，他们创造了生活的甜蜜幸福。

　　我们的智力和活跃力量随着我们的感情而增长。学者们坐下来写作，他多年的冥想并没有给他带来一个美好的思想或快乐的表达；然而，这就有必要给朋友写一封信——立即把精心挑选的词语信手拈来，将绝妙的词句跃然纸上。你看，在所有注重美德和自尊的家庭里，陌生人的到来往往都会引起悸动。他们期待并宣布一个受到赞扬的陌生人来到他们家里，因此一种介于快乐与痛苦之间的不安侵袭着这家人的内心。他的到来几乎给欢迎他的这家善良的人带来了恐惧。房子里尘土被打扫干净，所有东西也都各就各位，旧貌换新颜，如果可以的话，他们必须尽其全力设宴待客。对于一个受到赞扬的陌生客人，只有其本人讲述出来的好话,只有我们听到的好消息和新资讯。他代表的是我们的人性。他亦是我们的心向往之。在对他进行想象和揣测之后,我们会问,我们应该如何与这样的人在对话和行动的过程中保持紧密联系,并且感到恐惧和不安。同样的想法也推动了与他的对话。我们说话比平时文雅。我们拥有更加灵活的想象力,更加丰富的记忆力,我们心中的无言魔鬼暂时悄然而去。我们可以长时间地继续进行一系列真诚、优雅、丰富的交流,这些都是我们从最古老、最神秘的经验之中汲取而来的。这样,坐在我们身边的亲人和熟人,会对我们不同寻常的力量而感到惊喜。然而,当陌生人开始在谈话中穿插他的偏袒、论调以及缺陷时,这一切便结束了。他已经从我们这里听到了第一个、最后一个以及最好的消息。他现在不再是一个陌生人了。粗俗、无知、误解都成了老生常谈。现在,当他来的时候,他可能会受到款待,会开设晚宴为他接风洗尘。——但是,心的悸动和心灵的交流却再也没有了。

这些情感的喷射又为我创造了一个年轻的世界,是什么让我如此愉快?有什么比两个人用一种思想、一种情感,公正而坚定地去遇见这般美妙更美好的呢?才华横溢、真心实意的人的步伐和身姿靠近这颗跳动的心时,这是多么美妙的事情啊!当我们放纵自己的感情时,地球就发生了变化;没有冬天,也没有夜晚;所有的悲剧,所有的厌倦便悄然不见了,甚至所有的责任也都无音讯了;除了被爱之人散发出的光芒之外,没有什么东西能填满正在进行的永恒。让心灵确信,在宇宙的某个地方,它应该重新回到它的朋友身边,它将在千年孤独之中感到满足和快乐。

今天早上醒来的时候,我满怀着对新老朋友们虔诚的感恩之情。我谴责社会,我拥抱孤独,但我并没有忘恩负义,也没有去看一看时不时进过我门口的那些智慧、可爱和高尚的人。谁能听到我,谁能理解我,谁就成为我的人——一笔永远的财富。大自然也不是贫穷的给不起我几次这种快乐,因此我们编织了自己的社会交往线索,一张全新的关系网;而且,随着许多思想的不断充实,我们不久将会永远站在我们自己创造的新世界中,不再是一个传统世界中的陌生人。我的朋友已经不请自来。非常感谢你们——优秀的恋人,你们为我把这个世界带向了全新的、崇高的深度,扩大了我所有思想的意义。这些是第一位吟游诗人的新诗——永不停歇的诗歌——赞美诗、颂歌和史诗,仍然在流动的诗歌,阿波罗和缪斯仍在吟唱的诗歌。这些人会再次与我分离,还是其中一些人会与我分离?我不知道,但我并不畏惧;因为我与他们的关系是如此纯洁,我们之间有着单纯的亲缘关系,而我的生活是如此具有社会性,所以无论我身在何处,同样的亲缘关系都会在任何像这些男人和女人一样高贵的人身上产生能量。

在这一点上,我承认我的天性是极其脆弱的。对我来讲,把感情里"误喝下去的葡萄酒里的甜蜜毒药"挤出来几乎是危险的。一个陌生人对我来说是一件大事,会妨碍我入睡。我常常对那些给我带来美好时光的人怀有美好的幻想,但这种美好的幻想终有一天会结束,它不会产生任何的结果。思想也并未从中产生,我的行动几乎没有改变。我必须为我朋友的成就感到骄傲,就好像它们是我的成就一样,并为他的美德感到骄傲。当他受到赞扬时,我的感觉就像男子听到他的未婚妻被夸赞一样。我们高估了朋友的良心。他的善良似乎比我们的善良更好,他的天性也似乎更加美好,他的诱惑也更少。他的一切——他的名字,他的身材,他的衣着、书籍和乐器——想象力将这一切都美化了。我们的思想从他的口中说出便会听起来崭新伟岸。

然而,心脏的收缩和舒张与爱情的起伏并非没有相似之处。友谊就像不朽的心灵一样,美好得令人难以置信。有情人看着他深爱之人,仅仅大概知晓她并不是他真正崇拜的人;在友谊的黄金时刻,我们对那些存在的怀疑和不信感到惊讶。我们怀疑我们是否将英雄身上闪耀的美德赋予了他,并随后去崇拜我们认为神圣的栖居之处。严格地说,心灵并不像尊重自己那样尊重他人。从严格的科学层面来讲,所有人都处于无限遥远的相同条件之下。难道我们害怕通过挖掘这座世界圣殿的形而上基础会冷却我们的爱吗?难道我不应该像我看到的那样真实吗?如果我是这样的话,我就不怕了解他们到底为何物。它们的本质不亚于它们的外表之美,尽管它们需要更加敏锐的器官来理解。针对科学而言,尽管对于花冠和花饰,植物的根其实并不难看,但我们还是把茎剪短了。而我必须在这些令人愉快的幻想中冒险说出这个赤裸裸的事实,尽管事实表明它在我们的宴会上只是一个埃及头骨而已。一个与自己的思想始终保持一致的人往往自命不凡。他意识到的是一种普遍的成功,尽管这种成功是由一些特殊的失败所换来的。任何的优势、能力、黄金或力量,都无法与他匹敌。我只能依靠自己的贫穷,而非是你的财富。我不能让你的意识等同于我的意识。只有星星让人眼花缭乱,这颗行星只有一道微弱的、像月亮一样的光芒。我听到了你们对你们所赞扬的那一方的令人钦佩的才能和受过淬炼的品行所说的话。但是,我清楚地看到,尽管他身穿紫色斗篷,我还是不喜欢他,除非他最终成为像我这样可怜的笨蛋。朋友,我不能否认,现象的巨大阴影也将你包括在这个无限的光怪陆离当中,与你相比,其他一切都是浮云。你并不是真实的存在,而正义却是——你不是我的心灵,但却是我心灵的肖像。你最近来找我,你已经抓起你的帽子和斗篷准备转身离去。难道心灵结交朋友就像树木结出叶子一样,而现在已经萌发新芽,老叶已经褪去,难道不是这样吗？自然法则就是永恒的交替。每个令人惊喜的状态都会引发相反的成效。心灵与它的朋友们环绕在一起，从而进入一个更高阶段的自我认识或孤独状态；它会独处一段时间，以提升它的对话或社交。这种方法在我们个人关系的全部历史当中把自己表征外化。情感的本能让我们重新燃起与伴侣结合的希望，而回归的孤立感又让我们从追逐中回忆起来。因此，每个人都在寻找友谊中度过自己的一生，如果他记录下自己的真实感情，他可能会给每一位他所偏爱的候选人写一封这样的信：

  亲爱的朋友：

  如果我对你有信心，对你的能力也有信心，对你的心情也有信心，我就再也不会想到与你来去有关的琐事了。我不是很聪明的人，我的心情却可以企及，我尊重你的天才；对我而言，这一直都是深不可测的；然而，我不敢相信你对我有多么了解，所以你对我来说是一种称心的折磨。永远是属于你的，或者从未是属于我的。

  然而，这些不安的快乐和美好的痛苦是出于好奇，而不是为了生活。不能去纵容它们，这相当于编织蛛网，而不是织布。我们的友谊很快就会得出一些短暂而糟糕的结论，因为我们已经把友谊变成美酒和梦想的质地，而不是人类内心的坚韧纤维。友谊的法则是严肃而永恒的，与自然法则和道德法则同在一张网上。但我们的目标是迅速而微小的利好，吮吸一口突然的甜美。我们寻找朋友并不是出于神圣的目的，而是怀着一种掺假的激情，并将其占为己有，一切徒劳。我们身上充斥着微妙的对立，我们一见面，它就开始起作用，把所有的诗都翻译成陈腐的散文。几乎所有的人都会俯下身子相会。所有的交往都必须是一种妥协，最为糟糕的是,每一种美丽的天性之花的花朵和芳香在它们相互靠近的时候便会消失。现实交往是多么令人失望啊,即使是天才的社会交往也是如此!以别具慧眼的相见结束之后,我们现在必须遭受莫名其妙的打击,遭受出乎意料的、不合情理的冷漠,遭受机智和狂热的疯癫折磨。我们的才华欺骗了我们,双方都因孤独而获得解放。

我应该平等对待每一种关系。我有多少朋友,我能在与他们交谈中寻找到什么满足,即使其中有一位朋友我难以应付,这都没有关系。如果我在一场比赛中因无法应付场上局面而中途退出比赛,那么我在其他比赛中找到的快乐就会变得卑鄙和懦弱。如果我把其他朋友都看作是我的避难所,那么我应该憎恨我自己:"这位因战斗而闻名的英勇战士,在百战百胜之后只要有一次失利,就会被从《荣誉书》中一抹而去,毕生付出的辛劳最终付诸东流。"

因此,我们的急躁受到了严厉的谴责。害羞和冷漠反倒成了一种坚韧的外壳,在这种外壳的包裹之下,一个脆弱的组织受到呵护,从而不会过早成熟。如果它在任何一个最优秀的心灵还没有成熟到足以认识和拥有这个组织之前就知道了自己,那么它就会迷失。尊重,它用一百万年使红宝石变硬,并周而复始地工作着,阿尔卑斯山脉和安第斯山脉如同彩虹一般,不断地出现、消失,再出现。让我们不要在我们的体恤之中存有这种幼稚的奢侈,而要有最朴素的价值;让我们勇敢地相信朋友内心的真理,坚信他的基础是广博的,是不可能被推翻的。

这个主题的吸引力是不可抗拒的,我暂时把所有次要的社会利益都搁置在一边,专门谈论这种出色而神圣的关系,这种关系是一种绝对的,甚至使爱的语言都变得可疑,变成了陈词滥调,这种关系如此纯洁,没有什么比它更加神圣。

我不想字斟句酌地对待友谊，但想要以极大的勇气去对待友谊。当友谊非常真诚的时候，它们不是玻璃丝，也不是印在窗户上的霜花，而是我们所知道的最坚固的东西。现在，在积累了这么多年的经验之后，我们对大自然或是对我们自己了解多少呢？人类在解决自己命运的问题上还没有迈出一步。所有人都在谴责愚蠢。但是，所有的自然和思想不过只是一层外壳罢了。庇护朋友的住所是幸福的事情！不如把它建造成喜庆的凉亭或拱门，来招待他一天。如果他知道这种关系的严肃性，并遵守它的规律，那他就更加幸福了！谁主动提供了一个立约的候选人，谁就会像一名奥林帕斯神一样前去参加这伟大的运动盛会。在那里，世界上的年长之人均是运动员。他主动申请参加各式各样的比赛，"时间""匮乏""危险"均在清单之列，只有他的体内蕴含足够的真，能使他的美貌不受所有这些因素磨损的人才能最终成为胜利者。命运的恩赐可能存在，也可能不存在。但这场竞赛中的一切速度取决于内在的高贵以及对琐事的轻视。友谊的构成有两个因素，每一个因素都是至高无上的，我竟然看不出其中任何一个因素有何优越性，也没有理由把其中任何一个因素优先命名。一个因素是"真"。朋友是一个我可以真诚对待的人。在他面前，我可以畅所欲言。我终于来到了一个如此真实和平易近人的人面前，我甚至可以脱下那些人们从不脱下的伪装、礼貌和三思而后行的贴身内衣，还可以与他用一个化学原子与另一个化学原子相遇时的简单和完整来交往。诚恳是一种奢侈，就像王冠和权威一样，只有最高级别的人才允许享受，也只有他们允许讲真话，因为再也没有比其更高的地位的人来追求或遵从。每个人在独自一人的时候都是真诚的。当第二个人一进来，虚伪就开始出现了。我们通过恭维之语、流言蜚语、娱乐谈资、风流韵事来回避和抵挡跟我们同伴的接近。我们对他隐瞒了我们的真实想法。我认识一个人,他脱掉了这层虚伪外套,撇开了所有的恭维之词和陈词滥调,对他遇到的每一个人的良知都倾诉了一番,其中饱含着一种真知灼见和美丽。起初,他遭到了抵制,所有人都认为他疯了。但是,尽管在这一过程中他确实不由自主地坚持了一段时间,不久之后,他便体验到了甜头,于是与他认识的每一个人都建立了真正的关系。没有人会想到去和他说假话,也没有人会想到和他谈论市场或阅览室之类的事情来草草敷衍他。但是,每个人都秉持如此真诚的态度,这使得他们有了直言不讳的举止,他对大自然的热爱,他有什么诗情画意,他有什么真理的象征,他确实要向所有人展示。然而,对我们大多数人来讲,社交往往展示的不是它的脸庞和眼睛,而是它的侧身和背部。身处一个虚假的时代,与人们保持一种真诚的关系相当于一次疯狂,难道不是这样吗?我们很少能昂首挺胸地走路。但是,朋友是一个头脑理智的人,他运用的不是我的聪明才智,而是我这个人。我的朋友款待我,而不需要我答应任何条件。因此,朋友在本质上是一种矛盾。我独自一人存活于世,我在自然界中看不到任何东西,我可以用与我自己存在同样的证据来证实它们的存在,现在我看到了我存在的外貌,它的高度、多样性和奇特性都与我相似,只是以一种外来的形式被重新申明,因此,朋友可以视作是大自然的杰作。

  友谊的另一个因素是温柔。我们与人之间存在着各种各样的联系,有血缘、骄傲、恐惧、希望、财富、欲望、仇恨、钦佩,我们被各种各样的环境、徽章和琐事联系起来。但是,我们几乎无法相信,另一个人的身上可以同时兼容这么多的性格,以至于可以用爱来吸引我们。难道另一个人能如此幸福,我们能够如此纯洁,以至于我们能给予他温柔吗?当一个人变得对我很亲近的时候,我已经达到了幸运的目标。我还有这样一句名言，无法忘却，铭记于心。我喜爱的一位作家说："我把自己隐约而坦率地奉献给那些人，我实际上就是他们的人，而我却对自己最忠诚的人奉献得最少。"我希望友谊要有脚，有眼，有口才。他必须足履实地，方能飞越月球。在他成为一个小天使之前，我希望他先像一个公民一样。我们责怪这个公民，因为他把爱当作一件商品。它是一种礼物交换，也是一种有用的贷款的交换；它是一个好邻居；它夜以继日地守护在病人身旁；它在葬礼上手抬灵柩，完全忽视了这种关系的精致和高贵。但是，尽管我们无法发现那些随军小商贩伪装下的心灵，但另一方面，如果诗人把线纺得太细，并且没有通过正义、守时、忠诚和怜悯等这些市政美德来证实他的浪漫，我们也无法原谅他。我讨厌用友谊的名义来表示时髦和世俗的联合。我更喜欢结交乡野农夫和铁皮贩子，而不是那如同丝绸一般柔软芬芳的友谊，这种友谊通过轻浮展示、乘坚驱良、花天酒地来庆祝与它相遇的日子。友谊的目的就是一种最严格、最朴实的社交，这比我们所经历的任何社交都要严格。它通过生与死的所有关系和在变革当中获得帮助和安慰。它适合宁静的日子、优雅的才智和乡村的漫步，也适合崎岖的道路和艰苦的饮食、沉船、贫困、迫害。我们要相互尊重人类日常生活的需要和职责，并用勇气、智慧和团结为友谊增添光彩。它永远不应该落入凡尘俗世的事务之中，而应该始终保持高度的警惕性和创造性，为单调乏味的工作增添韵律和理性。

可以说，友谊需要的天性是如此罕见和昂贵，每一种天性都是极其温顺，并愉快地适应，而且周遭都是这般如意（一位诗人说，即使是面临特殊情况，爱情也要求双方能够完全配对），所以它的满足感通常很少能够得到保证。一些曾经学过并且擅长这种积极心理学的人说，在两种以上的人之间，它不可能完美地存在。我对自己的条件并不是非常严苛,也许是因为我从来没有像其他人那样拥有如此深厚的友谊。我更喜欢让我的想象力满足于一个由形形色色、关系各异的男男女女组成的圈子,他们之间存在着一种高超的智慧。但是,我发现这个一对一的法则对会话来说具有强制性,它是友谊的实践和完善。不要将水搅得过于浑浊。把最好的搅和在一起与好坏兼备的搅和别无二致。你将与两个人或更多人分开,并逐一与之单独会话聊天,这一定是非常有益、令人鼓舞的会话。然而,如果让你们三个人聚在一起,你将不会听到一句全新且发自内心的话。两个人可以交谈,一个人可以倾听,但三个人在一起不能进行一场最真诚、最深入的谈话。在关系融洽的交往过程中,如果没有第三个人在场,那么绝对不会出现两个人隔着桌子进行对话的情况。在良好的交往关系中,个人将他们的利己主义全都融入一个跟当下的几种意识共同延伸的社会心灵之中。朋友对朋友的偏爱,兄弟对姐妹的喜爱,妻子对丈夫的偏爱,在那里没有任何一样是有关联的,而是完全不同。只有他能够按照一伙人的共同思想说话,而不仅仅局限于自己的思想,他才能够说话。现在,这种良知所需要的集会破坏了伟大对话的高度自由,因为这种对话往往需要两个心灵完全合二为一。

两个人只有单独相处,才能建立起更加单纯的关系。然而,正是性格的相似性决定了哪两个人应该在一起对话。没有关系的人不会给彼此带来快乐,也永远不会怀疑彼此的潜在能力。我们有时谈论到对话的卓越天赋,就好像它是某些人的一笔永久财产一样。对话是一种转瞬即逝的关系——仅此而已。一个人因有思想和有口才而著称,尽管如此,他对表哥或叔叔却说不出一句话。他们指责他的沉默就像他们指责阴暗处的日晷没有意义一样,这是一个道理。在阳光下,日晷就能标记时间。在那些喜欢他的思想的人当中,他会重新开口说话。

友谊需要存在于相似和不相似之间的罕见的中庸之道,这种中庸之道用一方所表征的权力与同意使另一方感到愤怒。让我独自一人走到世界的尽头,而不是让我的朋友用一句话或一个眼神去超越他真正的同情。我同样受到对抗和顺从带来的阻碍。让它一刻也不停歇地彰显自己的本色。我在"他的便是我的"当中获得的唯一乐趣是:不是我的反倒就是我的。在那里我寻求一个有男子气概的推进,或者至少是一个有男子气概的抵抗,我讨厌找到一堆软乎乎的让步。与其成为朋友的附属品,不如成为朋友的眼中钉。高级友谊所要求的条件是有能力摆脱友谊。那高级职位需要伟大而崇高的能力。必须先有二,再有一,然后两者才会合一。让它成为两个彼此之间凶相毕露、望而却步、高大凶猛的本性的联合,之后他们才会联合,在他们认识到的这些差异之下实现深刻的认同。

只有宽宏大量的人才适合这种社交;只有认为伟大和善良总是经济的人才配得上这种社交;只有不急于关涉他人命运的人才配得上这种社交。让他不要插手这种事情。让钻石自己去决定自己的生长期,也不要期望加速永恒的诞生。友谊需要仪式般的对待。我们谈论选择朋友,但朋友是自己选择的。尊敬是其中的一个重要组成部分。把你的朋友当作景观去对待。当然,他有不属于你的优点,如果你必须要把他拥入怀抱,你就不能尊重他的优点。站在一边,给那些优点腾出一些空间,让它们提升和扩展。你是你朋友的纽扣的朋友,还是他的思想的朋友?对于一颗伟大的心而言,他在许多细节上仍然是一个陌生人,这样他就可以在最神圣的土地上接近你。让女孩们和男孩们把朋友看作是财产,去吸取那短暂而令人困惑的快乐,而不去享受那最为崇高的利益。

让我们通过长期的试用获取加入这个行会的资质吧。为什么我们要用打扰他们的方式去亵渎高贵美丽的心灵呢？为什么要坚持与你的朋友建立这种草率的私人关系呢？为什么要去他的家里，或者认识他的母亲和兄弟姐妹呢？为什么你要让他到你家去拜访呢？这些东西有任何的实际意义吗？别做出触碰或抓挠的举动。让他成为我的一种精神吧。我希望他在我心中是一条信息、一个想法、一份真诚、一个眼神，而不是一条新闻，也不是一碗肉汤。我可以从低级的同伴那里得到政治、聊天和邻里之间的诸多便利。对我来说，我的朋友的社交不应该像大自然本身一样富有诗意、纯洁、普遍和伟大吗？我是否应该感到，与睡在地平线上的那片云彩相比，与分开小溪的那丛摇曳的青草相比，我们的联系是不神圣的吗？我们不要诽谤它，而是要把它提高到那个标准。他那双不顾一切的大眼睛，他那轻蔑的风度和行为之美，并没有使你的自豪减少，反而增加了你的自豪。崇拜他的各种优势，希望其一点儿也不要减少，而是把一切都珍藏起来。把他看作是你的对手一样保护他。让他在心中永远把你视为是一种美好的敌人，不可驯服，受人尊敬，而不是一种可有可无的便捷设施，很快就变成了赔钱货，最终被弃之一侧。如果眼睛离得太近，就不会看到蛋白石的颜色以及金刚石的光芒。我给我的朋友写了一封信，从他那里我收到了一封回信。对于你而言，你觉得这已经足够了，但它却使我的需求得以满足。这是一份值得他给予和我接受的精神礼物。它不亵渎任何人。心会去相信那些温暖的诗句，就像它不会相信舌头一样，并倾吐出一个比所有英雄主义的历史都要美好的更为神圣存在的预言。

请尊重这个团契的神圣法则，这样就不会因为你的不耐烦而损害完美的两性之花，致使其无法开放。我们必须先成为自己的人，然后才能成为别人的人。有这样一句拉丁谚语，在犯罪之中至少存有这样一种满足感——你可以和你的同谋进行平等的交谈。对于那些我们敬佩和爱慕的人,起初我们无法做到这些。然而,在我看来,自我占有的最小缺陷会破坏整个关系。两种精神之间永远不会存在深刻的和平,也永远不会存有相互尊重,除非在他们的对话中,每一个人都代表着整个世界。

什么像友谊一样如此伟大,让我们以最崇高的精神去实现吧。让我们不要去干涉。是谁让你思考你应该对那些被选中的心灵说些什么,或者如何对这些心灵去说?无论多么机灵,无论多么优雅和平淡。愚蠢和智慧的程度往往无法说清,对你来说,你说的任何事都是轻浮的。等待吧,你的心一定会说话。一直要等到必要和永恒战胜你,一直等到日日夜夜利用你的嘴。美德的唯一回报便是美德;拥有朋友的唯一方法就是成为一个朋友。你进了一个人的房子,并不等于你就靠近了他。如果不一样,他的心灵只会更快地逃离你,你永远也看不到他真诚的目光。我们远远地看到高贵的人,他们都在极力排斥我们;那么我们为什么还要继续闯入呢?很晚——很晚之后——我们意识到社交的任何安排,各种介绍、惯例或习俗,都无助于我们与他们建立起我们所希望建立的那种关系——除非我们的内在本性与他们的内在本性提升到一个同样的程度,那我们才能够如同水与水相遇一般;如果我们当时没有遇见他们,我们就不会对他们有任何企盼,因为我们已经成了他们。归根结底,爱只是一个人自身价值在其他人身上的反映而已。人们有时会与他们的朋友交换名字,这似乎意味着:在他们的朋友身上,每个人都热爱自己的心灵。

我们对友谊的风格要求越高,当然就越不容易与拥有血肉之躯的人建立友谊。我们独自在这个世界上行走。我们渴望的朋友不过只是梦想和寓言罢了。但是,崇高的希望永远鼓舞着忠诚的心,所以在其他地方,在普遍力量的其他地方,心灵正在行动,正在忍耐,正在直面挑战,他们可以爱我们,我们也可以爱他们。我们可以庆幸的是:青年的时期、愚蠢的时期、失误的时期、羞耻的时期已经在孤独之中度过了,当我们成为卓越的人时,我们将用英雄的双手握住英雄的双手。只有你已经看到的东西才能告诫你,不要与卑鄙的人结成友谊的联盟,因为那种人的身上没有友谊。坚持走你自己的路,虽然你会有所失去,但你得到的会比失去的多得多。你表明自己的想法,使自己远离虚假的关系,你把世界上最资深望重的人吸引到你的面前,这些罕见的漂泊者,只有一到两个人同时在大自然中游荡,在他们面前,凡夫俗子看起来只不过是幽灵和影子罢了。

  害怕把我们的关系弄得过于精神化,好像这样我们就会失去真正的爱似的,这是极其愚蠢的想法。无论我们从洞察中纠正了什么流行观点,大自然都一定会证明我们这样做是对的,尽管它似乎剥夺了我们的一些快乐,但大自然会回报给我们更大的快乐。让我们感受一下,人的绝对的隔离。我们确信我们所拥有的一切。我们前往欧洲,或者我们追随一些人,或者我们阅读书籍,因为我们会本能地相信这些东西可以把它召唤出来,把我们展示给我们自己。所有的人都是乞丐。让我们放弃这种乞讨吧。让我们甚至向我们最亲爱的朋友道别,并在蔑视他们的同时说道:"你以为你是谁?放开我,我不会再依赖别人了。"啊!兄弟啊,你难道没有看到,我们这样分开只是为了在更高的平台上再次相遇,只是为了更多地属于彼此,因为我们现在更多属于我们自己?一个朋友拥有两副面孔:他既可以回首过往,也可以展望未来。他是我之前所有时间的孩子,是未来的先知,也是一个更伟大朋友的先驱。

  然后,我和我的朋友在一起,就像我和我的书在一起一样。我从哪里发现的他们,我就会把他们据为己有,虽然我很少使用他们。我们必须按照自己的条件建立社交,只要有一个理由(哪怕极其轻微的理由),就可以承认或排斥它。我不能和我的朋友多说话。如果他非常伟大,他会让我也变得非常伟大,以至于我不愿屈身与之交谈。在伟大的日子里,各种预感盘旋在我面前的天空。我应该献身于它们。我进去是为了抓住它们,我出去也是为了抓住它们。我只是担心它们会渐渐消失在天空之中,而现在它们只是一片更明亮的光。那么,尽管我很珍视我的朋友,但我却无法与他们交谈,也无法研究他们的愿景,以免我失去自己的愿景。如果我能放弃这种崇高的追求,这种精神上的天文学,抑或是对星星的探索,下来对你产生热烈的同情,那真的会给我带来一种天伦之乐。的确,下个星期我的心情会非常沮丧,那时我完全可以借助毫不相关的目标来消磨时间;那么,我会为你失去的文学而感到遗憾,并希望你能再次站在我的身旁。但是,如果你来了,也许你只会用新的憧憬填满我的脑海,不是填满你自己,而是填满你的光彩,我现在还是不能和你交谈。因此,这短暂的交往就全仰仗于我的朋友们了。我将从他们那里得到的不是他们所拥有的东西,而是他们本身。他们会给我的正是他们不能给的东西,但那真是从他们身上散发出来的东西。但他们不会以任何微妙和纯洁的关系来束缚我。我们将相遇,仿佛我们从未相遇;我们将分手,仿佛我们从未分开。

  一方面极大地增进友谊,另一方面则不一定要保持行动一致,这在我看来似乎具有可行性,这也是我从未预想到的。为什么我要为接收者缺乏度量而自找没趣呢?太阳从不会因一些光线射入不知感恩的太空而感到困扰。让你的伟大去教育粗鲁而冷漠的同伴吧。如果他难以实现平等,他很快便会离去;但你被自己的光芒所放大,不再与青蛙和虫子为伴……无法得到回报的爱被视作是一种耻辱。但伟大的人会看到真正的爱是不可回报的。真正的爱超越了无价值的对象,交谈、思索的皆是永恒。当那身处其中的可怜面具被击碎时,它并不感到悲伤,而是感到摆脱了那么多的尘世,感到自己那更加可靠的独立。然而,说出这些话很可能会对这种关系带有某种背叛的意味。友谊的本质是完整无缺、宽宏大量和彼此信任的。它决不能猜测或供养缺点。

谨　　慎

我是否有权利论述,我些许且夹杂着负面性的谨慎呢?我的谨慎在于回避和不做,不在于拓展手段和方式,不在于熟练地引导,也不在于轻柔地修补。我没有理财方面的能力,也没有经济方面的天分,而且任何看到我的花园的人都会觉察到我一定还有其他的花园。然而,我喜欢事实,厌恶滑头和没有眼力见儿的人。由此看来,和论述诗歌或圣洁一样,我也同样有权利论述谨慎。我们从愿景、敌意和经验中汲取灵感,来描绘那些我们所缺乏的品质。诗人赞美精力充沛、胸怀谋略的人;倘若一个人不自恃、不自负,你便能从其赞美中发现他所没有的东西。此外,假使我不用粗鄙之言来均衡爱情和友谊这类舒人心脾的话语,那么就很难说我是诚实的,虽然我对自己感官的亏欠是真实而持久的,但我不会随便承认这一点。

谨慎是感官的长处——这是一门研究表象的科学,是内在生命的最外在的行为。它按照物质定律来推动事物。它满足于通过遵循身体条件来寻求身体健康,通过智力法则来寻求心灵健康。

感官世界是一个展示的世界,它不仅为自己而存在,且具有象征义;实质的谨慎或展示法则,认可其他法则的共同存在,并知道自身位居次位,知道自身浮于表面,而非工作中心。谨慎在超脱之际是假模假式的;谨慎在化身心灵的自然史时,在狭窄的感官范围内展现法则之美时,则是合乎情理的。

人类了解世界的熟练程度各不相同。就我们当前的目的而言,指出三类就足够了。一类人的生活作为一种象征,将健康和财富视为终极利益;另一类人的生活超越象征之美,如诗人、艺术家、自然学家和科学工作者;第三类人的生活凌驾于象征之美,因所象征事物的美而存在。这些人可谓是智者:第一类人有常识;第二类人有品位;第三类人有心灵认知。长期以来,一旦一个人跨越这些维度,对这种带有象征的事物投以坚定欣赏的目光,随之其审视象征之美的认知力也会油然而生,最后,当他有能力在这个天然神圣的火山岛上搭建帐篷时,却严加拒绝在岛上建造房屋和谷仓的行径。

世界上充斥着谚语、行为和示意的低级谨慎,这是一种物质专注,仿佛我们除了味觉、嗅觉、触觉、视觉和听觉之外,丧失了其他能力;这种谨慎,推崇"三原则",即从不认同,从不给予,很少奉献,对任何计划仅提出一个疑问——它会烤面包吗?这是一种病,一种类似皮肤增厚,直到重要器官衰竭的疾病。但是,文化却揭示了表面世界的远古起源,并以人的完美为目的,将其他物质视为健康和肉体生命而降格为手段。它不认为谨慎等同于多种能力,而是视作与身体及其需求交谈的智慧和美德的代名词。有教养的人总是会这样感觉和说话,仿佛一笔巨大的财富、一项文明或社会成就、巨大的个人影响、一次优雅而庄严的谈吐,都有其作为精神活力的证明的价值。如果一个人失去了平衡,为了自身利益而陷在任何行业或娱乐中,那他可能是一个优秀的人,但绝不是一个有教养的人。

虚妄的谨慎,使感官最终沦为酒鬼和懦夫的主宰,最终化为一切喜剧的主题。这是大自然的玩笑,因而也是文学的玩笑;真正的谨慎,承认内在和真实世界的认知,由此限制了这种唯感官论。一旦意识到这一点,研究世界秩序、事务和时间分布,以及其从属地位的共同感知时,或多或少会带动一定的关注。很显然,因为我们的存在,日月圆缺和它们所对应的时期息息相关——我们极易受气候和地区影响,极其警觉于社会善恶,极其热衷于辉煌交映,极其担忧于饥寒累债——我们可以从这些书中习得所有的基本经验。

谨慎不对自然究根问底。它接纳世界的法则,因此人的存在受其限制,好像遵守这些法则,便可以享受适当的好处。它尊重空间、时间、气候、需求、睡眠、极性法则、生长和死亡。太阳和月亮,在天空中紧守模式地旋转,给人的存在施加束缚和时间:这是顽固的物质,不会偏离其化学规律。这是人类居住的地球,受到自然法则的挑战和束缚,并从外部限制民事隔断和财产分配,从而对年轻的居民施加许许多多新的束缚。

我们以土地粮食为生,靠周围的空气存活,也受冷热干湿不定的空气所左右。初来的时候,看似空虚、一体和神圣的时间,被撕成碎片消磨殆尽。刷门,修锁,柴米油盐,房子冒烟,头疼脑热,赋税琐碎,要和不通情理的人交涉,要回忆难堪的恶语相向——时间都在这些琐事中厮磨消逝。那就做些我们能做的事情吧,夏季蝇虫飞舞;如果我们漫步树林,我们必须做好喂蚊子的准备;如果我们去钓鱼,我们必须做好外套被打湿的考量。气候是懒人的一大障碍;我们常常决定不关注天气,但我们往往仍然为阴晴所左右。

时光荏苒,一分一秒匆驶,岁月如梭,一丝一节疾行,我们从过往的时间和岁月中习得不少经验。北温带的居民历经一年一季的冰天雪地,因此比那些热带地区享受四季不变的人更加聪明能干。热带岛民终日周游闲逛,无所事事,夜晚还能与月色相伴,枕着席子饱饱地睡上一觉。凡是有椰枣树生长的地方,热带地区的人甚至不用祈祷,就可以吃上一桌大自然备好的早饭;而北方人不得不留守家中,他必须手做酿酒,调理烘焙,加盐储存食物,并且囤积一些木材和煤炭以备不时之需。在这种情况下生活,北方人在能力上总是远远赶超南方人。但是,自然界的奥秘是无穷无尽的,如果不自发地对自然界产生一些新的认识,人们就不可能一蹴而就。这也是这些实例的价值所在——懂得其他事情的人对这些事情再了解也不会嫌多。让他有准确的感知力吧。如果他有手,就让他去处理;如果他有眼睛,就让他去衡量和辨别;让他接受和收集关于化学、自然史和经济学的每一个事实;让他拥有得越多,他就越不愿意宽恕任何人。时间总是在不同场合中揭示其价值。每一次当人们自然而然地做出一些天真的举动,都会引发一系列的大彻大悟。家庭煮夫习惯在厨房里陈设钟表,习惯在壁炉里生上一堆柴火,他听着钟摆的左右摆动嘀嗒作响,看着柴火燃起的火光上下跃动,而实际上他最喜欢的音乐也莫过于此,因为从中他可以获得别人在梦境中也难以寻觅到的慰藉。人们为达目的而不择手段,这样一来便可以保证他们能够取得胜利。人们在农场或商店忙碌,他们哼唱的胜利之歌,丝毫不逊色于政党或战争里的指挥战术;称职的丈夫在棚屋里干活,他们拾掇柴火或在地窖里贮藏水果的方法,就像半岛战争或国家档案中发现的方法一样行之有效。恰逢雨季阴雨连绵,丈夫便搭建了一个工作台,又或是将他自己装着钉子、钳子、螺丝刀和凿子的工具箱放在谷仓室的角落里,以便工作使用。在这里,他品味到了青年和儿时的往日欢乐,体会到了猫对阁楼、印刷机和玉米仓库的喜爱,感受到了长期勤俭持家所带来的便利。他在花园或养殖场知晓了不少趣事。其实在这个美好世界里,像他这般令人甜蜜的欢乐元素随处可见,于其中人们可以找寻到乐观主义的法则。但无论是什么法则,都让人们去遵守,去开启驶入幸福的康庄大道吧。对于我们的快乐,质量比数量有更大的差别。

另一方面,任何漠视谨慎的行为都会惨遭大自然的惩罚。如果你信奉感官至上,那就遵守它们的法则。如果你相信心灵,那就不要在感官甜蜜成熟之前就在因果树上抓住它。与认识不清不全的人打交道,是很不合眼的。据传,约翰逊医生曾这样说过:"如果孩子一边说他从这扇窗户往外看,而他一边却从另一扇窗户望向窗外,我就用鞭子抽他。"我们美国人的特点是更喜欢超乎一般准确的认知,这一点从"不错"这一词语的流行便可得到证实。但是,不守时、对事实的不加思考、对明天的漠不关心,由此表现出的这种错误不能归结于任何国家。一旦我们的错误打乱时空的美好法则,时空就会被戳出许许多多的破洞。如果轻率愚蠢的人捅坏蜂房,那么我们收获的便不是一盆甜美的蜂蜜,而是一窝蜜蜂袭来。因此,我们的言行必须公正及时。六月的清晨,镰刀的磨刀声令人愉悦,然而,在这个来不及晒干草的季节里,有什么比磨刀石或割草机的声音更令人寂寞神伤的呢?

头脑散漫的"下午型"人群扰乱的不仅仅是他们自己的事情,也在试探与他们打交道的人的脾性下限。我曾看到过对一些绘画的批评,当我看到那些无能不幸的人不忠实于自己感官时,我就想到了这一点。魏玛末代大公是位非常有见识的人,他说:"我有时在看到伟大的艺术作品时,特别是刚才在德累斯顿时,就会注意到某种特性在多大程度上促成了作品的效果,这种效果赋予人物以生命,赋予生命以一种不可抗拒的真理。在我们画的所有人像中,这个特性就是把握重心,即把人物固定在他们的脚上,让他们的手紧攥,把眼睛紧盯在他们应该注视的地方。即使是像船只和凳子这样没有生命的物体,一旦它们失去重心的支撑,就会失去所有的表现效果,而向人们呈现出一种游动和摇摆的姿态。德累斯顿皇家画廊里的拉斐尔(我所见过的唯一一幅极具感染力的作品)

是人们能想象到的最安静、最释然的作品。因为除了无懈可击的形式美之外,它在最高程度上赋予所有人物以垂直特性。"在人生的图画中,我们需要所有人都保持这种垂直——让他们站起来,而不是一味地浮动和摇摆不定。让我们知道在哪里可以找到他们。让他们区别他们的记忆和梦想,让他们直言不讳,秉承事实,让他们用信任尊重他们自己的感官。

但是谁敢随便指责别人不谨慎?谁又是谨慎的呢?我们所谓的伟人,在这个王国里都只能算作小人物罢了。我们同自然的关系有一种致命的错位,这种错位扭曲了我们的生活方式,使得每一条法律都不得不选择与我们为敌,以至于最终试图唤醒世界上所有的智慧和美德,来进一步思考改革的问题。我们必须向最高谨慎请教解惑,问一问为什么健康、美丽和才能对现在来说是例外,而非人类本性的法则?即便我们有着和动植物一样的同理心,但我们还是不了解动植物的特性和自然规律;然而,这仍是诗人谆谆追求的梦想。诗歌和谨慎应当别无二致。诗人应当是法律的制定者,也就是说,最放肆的抒情灵感不应当由责备和侮辱取而代之,而应该是宣布民法典和引导日常工作的正常运行。但现在,民法典和工作这两件事宜似乎还是难以交融。直到我们站在废墟之中,直到我们偶然发现理性和现象之间的巧合时,我们会惊讶于我们原来违反了一个又一个的法律。无论男女,生来便有感官通识。美也同感官一样,是生来即有的天赋,但现在却不常为人所见。每个人都应当享有健康或者健全的身躯。每位孩子都应当享有得到启迪的权利。即便是天才,也应当有天才的天赋传承;但迄今为止,任何孩子的天赋既无法预测,也并非纯粹。出于礼貌,我们把部分半启迪的人,以身置钱的人,否极泰来的人,都称为天才;社会由名副其实的有身份的人管理,而不是由神圣的人管理。这些人用天赋来满足自己的物欲,而不是杜绝物欲。天才总是苦行的、虔诚的和热爱的。对更优秀的人来说,欲望是一种疾病,然而他们却在抵抗欲望的仪式和界限中发现了美。

我们试图用一种美称来掩饰欲望,但是任何才能都不能使我们纵欲。有才能的人总喜欢把自己违反感官法则的行为看作是小事,把它们视作为艺术献身,根本不值一提。可是,他的艺术从未教他淫乱,也没有教他酗酒,更没有教他妄想不劳而获。他的艺术因他的圣洁而衰弱,也因常识的缺陷而单薄。正如他所说,蔑视世界的人,必遭世界报复。蔑视微小事物的人,必因微小而灭亡。歌德的《塔索》很可能是一幅相当公正的历史画像,这才是真正的悲剧。一个人遵循这个世界的准则生活,并始终忠贞不贰;而另一个人满怀神圣的情操,同时也抓住了感官的乐趣,不屈从于法则。这都是我们能切身感知到的悲哀,也是我们无法解开的心结。塔索的案例在现代传记中并不少见。一个热情急躁的天才,却罔顾物理法则放纵自我,如今沦落为不幸、满腹牢骚的"不舒服的表亲",这无论对他自己,还是对别人来说都是一根芒刺。

学者因其两面性的生活而使我们感到羞愧难当。假如某些凌驾于谨慎之上的东西活跃时,他就会广受人们的钦佩;假如需要常识时,他就会受到万人唾弃,充其量是个累赘。昨日的恺撒还没有那么伟大;今日绞刑架下的重刑犯也没有那么悲惨。昨天,他生活在一个理想的世界里,光芒四射,是人中之龙;而现在,他被欲望和疾病所压迫,奄奄一息。这一切,都是他自己必须要承担的后果。旅行者曾描述过一些可怜的驾车者,他们经常出没在君士坦丁堡的市集中。谁人能不识这样的悲剧:轻率的天才在微不足道的金钱困难中挣扎多年,最后沉沦,寒心,精疲力竭,毫无结果,就像一个惨死在千千万万针眼之下的巨人!

这种最初的痛苦和屈辱源于大自然的赐予,它们暗示着他除了自我劳动和克制所得的正当果实之外,不应该别有所求。一个人接受这种痛苦和屈辱不是更好吗?健康、面包、气候和社会地位都很重要,他也会给予它们应有的尊重。让他把大自然视为终身顾问,将其完美视为衡量我们偏差的精确尺度。让他分明白昼和黑夜。让他控制开支的习惯。让他明白,智慧不仅可以用在国家上,也可以用在私营经济上,从这两者中汲取的智慧也是相当的。他手里的每一分钱都被冠以世界法则。谨慎的眼睛可能永远都无法闭上。铁,如果存放在五金商那里,就会生锈;啤酒,如果在不恰当的环境中酿造,就会变酸;木材不会烂在船只上,如果垒在高处或干燥的地方,就会变形、扭曲和干裂,金钱,如果由我们保管,就不会产生利润,而且可能遭受损失;如果投资,就会使某种特定的存货贬值。

铁匠说,铁只有越打,才会越光亮;打草工说,把耙子尽量靠近镰刀,把车尽量靠近耙子。我们美国人的贸易一向以这种谨慎的极端著称。在交易中,我们接受好的、坏的、干净的、破烂的纸币,并通过交易金钱的速度来保全自己。这样一来,铁就不会生锈,啤酒就不会发酸,木材就不会腐烂,印花布就不会过时,货币也就不会贬值,只要美国人还在忍受这些东西中的任何一个为他所有,那么这些东西就不会在短时间内消失。我们能否在薄冰上安全地溜冰,主要取决于我们的速度快慢。

让人们学习一种更高层次的谨慎吧。让人们明白自然界中的每一件事,即便是尘埃和羽毛如此微渺的事物,都是按照规律运作流转的,而非单纯靠碰碰运气便可俯拾即得。更所谓,种瓜得瓜,种豆得豆。人们可以凭借自身的勤奋和自制,随心所欲地享用自己挣取来的面包,以免与其他人处于痛苦和虚假的关系中,因为财富最好的好处是自由。让他践行这种次要的美德吧。人类在等待中消磨掉了多少人生！让他的同伴不必苦守等待。谈话中哪有那么多话语和承诺！让他听天由命吧！当他看到一张折好密封的纸片乘着一艘松木船，绕地球漂流，又在茫茫人海中安全抵达了他的眼前时，让他同样感受到这一告诫在他耳边轻唤：要把自己的存在融入所有这些分散的力量，在任意驱使我们的风暴、距离和意外事件中，微弱地发出自己的声音。让这份微芒历经累年数月后在远方复现，来兑现它的承诺。

切记，我们不应该只考虑到事物的某一特性后，就试图制定适用于该事物的全部法则。人性不是矛盾的，而是对称的。不能让一群人去研究保证外在幸福的谨慎，而让另一群人去探讨英雄主义和圣洁，它们彼此之间是可以调和的。谨慎和当下的时间、人、财产和存在形式密切相关。但是，由于每个事实都植根于心灵，一旦心灵被改变了，事实也会随之消逝，或者幻化成为某些其他的事物，因此，对外在事物的正确管理，总是需要建立在对其起因和根源的正当理解之上；换言之，善良的人必将是睿智、诚心、谨慎的化身。每一次违背真理，不仅可以是说谎者的一种自杀，也可以说是对人类社会健康的一种损害。哪怕是最有利可图的谎言，也会招致目前事态发展所施加的一种破坏性压力；而坦诚则会带来坦诚，使各方处于有利地位，使他们的交往成为友谊。信任他人，他人才会对你忠诚；善待他人，他人才会对你体贴。他们会为你破例，不遵守他们所有的贸易规则。

因此，对于不愉快和可怕的事情，谨慎并不体现为逃避或逃离，而展露为内心的勇气。人们想要从容地迈过人生的瓶颈期，必须下定决心。让他去面对他最恐惧的事情吧，他的坚强通常会使恐惧变得毫无依据。有句拉丁谚语说："在战斗中，首先要战胜眼睛。"彻底的冷静可以使一场战斗比一场花剑或足球比赛对生命的危险更小。士兵们列举了一些例子：他们看到了大炮的指向和火力，就逃脱了炮弹的射击范围。对暴风雨的恐惧主要局限在客厅和船舱里。牧民和水手整日都在享受暴风雨的洗礼，但他的身体在雨夹雪下犹如六月高阳下的脉搏一样蓬勃有力。

当邻里之间发生不愉快的事情时，恐惧就会涌上心头，并且放大一方的罪责；但是，恐惧是一位糟糕的顾问。每个人实际上都是弱者，而表面上是强者。他看似软弱，而却受人敬畏。你害怕恐惧，恐惧也害怕你，这份恐惧是双向的。即使是最卑鄙的人，你也会期待他的善意，对他的恶意感到不安。但是，即便是破坏邻里之间安宁的捣蛋王，一旦他的意愿遭人忤逆，那么他也会像其他人一样懦弱，继而社会的安宁常常能够得以维系，因为，正如孩子们所说，一个人害怕，另一个人不敢。从远处观望，他们表面上不可一世，对其他人霸凌威胁；但亲身相处起来，他们实际上就是软弱的人。

俗话说"礼多人不怪"，但人们可能会用利益来衡量爱情。人们认为爱情是盲目的，而善良却是感知的必要条件；爱情不是头巾，而是眼泪。如果你遇到宗派成员或敌对党派，永远不要挑明他们之间的界线，而要契合他们的共通之处——只要阳光普照，雨露均沾；这片区域会迅速蔓延，在你还没反应过来的时候，目光所及的山脉界限早已经烟消云散了。如果他们开始争辩，圣保罗会撒谎，圣约翰会憎恨。他们会四处招摇、躲躲藏藏，在这里佯装承认，只为在那里吹嘘和征服，没有一点儿充实对方的想法，没有一种勇敢、谦虚或希望的情感。因此，你也不应该沉溺于同时代人错误的敌意和怨恨中。尽管你们的观点是完全对立的，但你要表现出一种情感上的认同，假定你所说的正是所有人的想法，并在智慧和爱中激流勇进，不带任何怀疑，把你的悖论堆砌成一系列坚实的话语。这样，你至少可以得到充分的心灵的自然运动要远远胜过自愿运动，因此在争论中你永远不能公正地对待自己。思想没有被正确把握，它就不会显示出它自身的比例和真实的方位，而只能忍受着勉强的、嘶哑的、半信半疑的见证。但一旦假定同意，它马上就会被承认，因为在他们外在的差异之下，所有的人都是同心协力的。

  智慧绝不会让我们与任何人站在不友好的立场上。我们常常会拒绝予人同情和亲近，仿佛我们在等待更好的机会的到来。但是这种机会何时何地会出现呢？明日复明日，明日就同当下一样流逝。我们在准备生活的同时，生命也在不断地流逝。我们身边的朋友和同事相继离世。我们很难说我们看到了新生代向我们走来。我们老到不再关注时代，也不再期待任何更强大且更有权势的人的帮扶。那就让我们吮吸身边的那些甜蜜情愫和习惯吧。显然这些旧鞋更合脚。毫无疑问，我们能够轻易地挑出同伴的毛病，我们也能够轻易地念出吹嘘的称号，其实这样反而更激起人们的好奇心。每个人都有自己的朋友，也正是因为有了这些伙伴相伴左右，我们的生活变得更加有意义。但如果你与他们相交甚浅，那么你就不配拥有这些朋友。如果任由我们的一己私欲去交友……那么我们的品格就会每况愈下，仿佛草莓在偌大的花圃里失去了它本应有的味道一样。

  因此，真理、坦率、勇气、爱、谦卑和所有美德都是以谨慎为基础的，或者称为确保当下幸福的艺术。我不知道穷奇宇宙万物，是否会发现所有的物质都是由一种元素构成的，比如氧或氢。但是当今这个注重礼仪和行为的世界，仅仅是由谨慎这一种物质构成的。

艺　术

　　正是因为心灵是进步的,所以人类从来不会循规蹈矩、重蹈覆辙,而是会在每一个行动中都试图产生一个新的且更为合理的整体。倘若我们依据作品的实用或美感来对作品进行通俗的区分,便可以在实用作品和美术作品中发现这一点。因此,在我们的美术作品中,目的不是模仿,而是创造。在风景画中,画家应该给出一个比我们所知道更为合理的建议:他应当略去自然界的细节和平淡,只提供给我们精神和光辉。他应当知道,风景在他眼中之所以美丽,是因为它表达了一种对他有益的思想,是因为它显现了他的眼睛映射出的同等能力;这样,他就会重视自然的表现力,而不是只关注自然本身。因此,在他的模仿作品中,令他满意的自然特征就会显得尤为突出。即便是幽暗和阳光,他也将描绘出幽暗中的幽暗和阳光中的阳光。在一幅肖像画中,他必须刻画出人物的性格,而不是人物的五官;他必须把坐在他面前的那个人视作是他自己,视作是以心怀抱负的人为原型所刻画的一幅不完美的画或是肖像。

　　除了本身是创造性冲动之外,我们在一切精神活动中所观察到的删减和选择又是什么呢? 其实它是启迪我们用更简易的符号来传递更重要的意义的开端。人类不就是比大自然在自我阐释方面更出色和成功吗? 人类不就是比地平线上的图形更优美、更紧凑的风景——即大自然的折中主义吗? 人类不就是侃侃而谈,热爱绘画和自然,而后再取得更优越的成功吗? 抛却所有那些令人厌倦的空间和体积,它的精神或寓意便可以缩减成一句歌词,或者最巧妙的下笔千言吗?

但是，艺术家必须使用他的时代和国家所使用的象征，来向他的同胞传达他的延伸意义。因此，艺术中的新事物总是在旧事物的基础上形成的。"时代的天才"在作品上盖上了不可磨灭的印记，并赋予其想象力难以言喻的魅力。只要艺术家为这个时代的精神特征所倾倒，并在他的作品中找到了表达方式，那么它就会保持某种磅礴的气势，向未来的看客展示未知的、必然的、神圣的事物。任何人都不能完全把这种必要性的因素排除在他的劳动之外。任何人都不能完全把自己从他的时代和国家中脱离出来。任何人也不能创造出一种与他那个时代的教育、政治、习俗和艺术毫不无关的模式。尽管他从未如此独树一帜，也从未如此不切实际，但他无法从他的作品中抹去其成长过程中所有的思想痕迹。这种回避恰恰暴露了他所回避的习性。这种习性超乎意志之上，超越视线之外。他所呼吸的空气，他和他的同代人赖以生存和辛勤劳作的思想，迫使他沾染上当代不知所以的习性。现在，作品中难以规避的事物所冠以作品的魅力，都比个人才能更胜一筹，因为艺术家的笔或凿子似乎经由一只巨大的手握着并引导着，在人类的历史上刻下了一条线。无论这条线有多么粗鄙和不成体系，都赋予了埃及象形文字以价值，赋予印度、中国和墨西哥偶像以价值。它们都表明了当时人类心灵的高度，并不是异想天开，而是源自像世界一样深切的需要。现在，我是否能补充一句——造型艺术的全部现存产物，如同历史般在这里已经获取了它的最高价值，如同完满且美丽的命运画像上的一笔，所有的生命是按照谁的命令走向他们的至福？因此，从历史的角度来看，教育人们对美的感知一直是艺术的职责所在。我们沉浸在美中，但我们的视线却随之模糊了。于是，我们便需要通过表现单一特征来辅助和引导潜在的鉴赏力。就像研究形体奥秘的学生，我们雕刻和绘画，或者我们观察什么是雕刻和绘画。艺术的长处在于超脱，在于将一件事物从进退两难之地分离出来。在切断各事物的联系之前，才会有乐趣、深思，而没有思考。我们的幸福和不幸都是徒劳的。婴儿扬扬自得，然而他的个性和实际能力却取决于他每天分离事物和一次处理一件事物上的进步。爱和所有的激情将所有的存在都集中在单一的形体上。某些人习惯于把他们所碰到的对象、思想、言语一概排除在外，暂且将其视作世界的代表。这些人我们称为艺术家、演说家和社会领袖。演说家和诗人使用修辞的本质是超脱和借以超脱而放大的力量。这同画家和雕刻家的修辞学，或者使一件物品暂时处于显赫地位的力量，有异曲同工之妙，特别是在伯克、拜伦和卡莱尔身上以色彩和石头的形式表现得淋漓尽致。这种力量取决于艺术家对他所思考对象的洞察力的深度。因为每一个对象都有其中心自然的根源，当然也可以这样向我们展示来代表世界。因此，每一个天才的作品都是时代的暴君，每一个天才的作品都把注意力集中在自己身上。在当时，它是唯一值得一提的事物——无论是十四行诗、歌剧、风景、雕像、演说……不久，我们转移到另一个目标，它同第一个目标一样自成一体，例如，一个精心布置的花园，好像除了布置花园，其他事情都无须人们操劳。如果我不熟悉空气、水和土地，我会认为火是世界上最好的东西。因为在自己得意的时刻成为世界之巅，是所有自然物的权利和属性，是所有真正的才能的权利和属性，也是所有本源属性的权利和属性。一只松鼠从一个枝丫跳到另一个枝丫，使森林成为它自得其乐的大树，这比狮子更让人眼花缭乱——因为它是美丽的，是自给自足的，是为自然而存在的。在我聆听之际，一首好的民谣就像过往的史诗一样，会让我的耳朵和心灵为之颤动。一条狗，由主人牵着或被一窝猪吸引住，满足了一种不亚于米开朗琪罗壁画的现实。从这一连串优秀的目标中,我们终于参悟到世界的浩瀚和人性的富足,这两者都可以向任何方向无限延伸。但我也知道,在第一个目标中令我惊讶和着迷的东西,在第二个目标中也会给我以同样的感受,所有事物的优点都是一体的。

  绘画和雕塑的职责似乎尚处于雏形。但最好的画作可以很容易地向我们袒露终极秘密,一些神奇的点、线和颜色的草草几笔,便构成了我们生活在其中的千变万化的"人物风景画"。绘画之于眼睛,犹如舞蹈之于四肢。当它把身体训练得自持、灵活、优雅时,脑海中舞蹈大师的舞步也就惝恍迷离了;因此,绘画教会了我色彩的绚丽和形式的表现。当我看到许多画作和更高的艺术天赋时,我领略到了铅笔的色彩斑斓,领略到了艺术家在可选形式中任意选择的漠然。如果他什么都会画,为什么还要画呢?随后,我睁开眼睛,看到大自然在街道上描绘的永恒画面:熙来攘往的大人、孩子、乞丐和淑女,他们颜色万千,有的穿红,有的披绿,有的着蓝,有的戴灰;他们形态各异,有的长发披肩,有的头发灰白,有的脸色苍白,有的面目黧黑,有的皱眉蹙额,有的庞然大物,有的五短身材,有的趾高气扬,有的古灵精怪——一幅万物必具、海涵地负的画面跃然于我们的眼前。

  一尊画廊里的雕塑教给我们同样的道理更为义正辞约。正如绘画教人着色,雕塑教人解剖形体。我看过精美的雕像之后走进一个公众集会时,我很明白某人曾经说过的"当我读荷马时,所有的人看起来都像巨人。"这句话是什么意思。我也认为绘画和雕塑是眼睛的体操,是对眼睛功能的精细求知的训练。没有一尊雕像能像这个变幻万千的活人一样,具有超越所有理想雕塑的无限优势。我这里有一个多么棒的艺术画廊啊!没有一个矫饰者能创造出如此变幻莫测的圆形人物和形态各异的原创扁平人物。在艺术家用石料即兴创作时,他既严峻又高兴,脑子里灵光乍现。随着一个又一个的想法浮想联翩,石像的整个风格、姿态和表情每时每刻都随之改变。收起你那些关于油彩和画架的废话吧,抛却你那关于大理石和凿子的荒唐吧;如果不能让你见识永恒的艺术杰作,它们都只能算是形同虚设的垃圾。

  一切创作最终都揭示了一种原始的力量,这种力量解释了所有最高艺术作品的共同特征——它们是普遍可理解的,它们使我们恢复了最简单的心灵状态……因为其中所展示的技巧,是原始心灵的再现,是纯洁之光的映射,所以它应当产生一种类似于自然物体所造成的印象。在欢乐的时光里,大自然向我们展示了一种艺术,一种完美的艺术,一种天才的作品。所有伟人影响的浅尝和敏感性压倒了当地及特殊文化的偶然事件,而经历了这些事件的个人,可谓是最佳的艺术评判家。虽然我们环游世界去寻找美,但我们必须带着美,否则便无处可寻美的存在。这种更为精细的魅力远非表面、轮廓或艺术规则所能教授,它是从人性的艺术作品中放射出来的光芒——一种通过石头、画布或音响对我们天性中最深层和最简单属性的绝妙表达,因此,拥有这些属性的心灵也是最能容易理解这一点的。在希腊人的雕塑中,在罗马人的砖石建筑中,在托斯卡纳和威尼斯大师的绘画中,最高超的魅力是他们所说的通用语言——一种对道德本性、纯洁、爱和希望的忏悔,在他们的作品中肆意涌流。我们带给他们的东西,我们原封不动地带回,并在记忆中赋予更清晰的说明。参观梵蒂冈的旅行者,从一间展厅走到另一间展厅,穿过雕像、花瓶、石棺和烛台的长廊,穿过用最丰富的材料雕刻而成的各种形式的美,随后便步入了危险之中:他可能会忘记这些源自其原则的简单性,忘记这些源自他内心的思想和法则。他研究了这些绝妙遗迹的技术规则,却忘记了这些作品并不总是如此星罗棋布;忘记了它们是历经漫长岁月和国家更迭的贡献；忘记了每一件作品都出自一位艺术家的单独作坊，而这位艺术家可能因为不知道其他雕塑的存在而兢兢业业，在没有其他样式的情况下创作了自己的作品，生命、家庭生活，以及人际关系、跳动的心和四目相对时的甜蜜和苦楚，还有贫穷、艰辛、希望和恐惧。这些种种汇成了他的灵感，这些是他带给你心灵和思想的影响。艺术家在其作品中会找到一个倾泻自己真实性格的渠道，而这种渠道泻口的大小与他的力量成比例。无论任何情况下，他仍不受其材料所束缚或阻碍，但由于自我阐述的必要，硬石在他的手中如蜡一般，彻彻底底，袒露无遗。他不需要受传统的自然和文化的拖累，也不需要问罗马或巴黎的模式是什么，但是贫穷和出生的命运，使得房子、天气和生活方式一下子变得如此可憎和可贵，在新罕布什尔州农场角落未涂漆的木屋里，或在荒郊野外的圆木房里，或在他见证过一个城市贫困所约束的狭小住所里，房子、天气和生活方式同其他任何条件一样，都可以作为一种思想的象征，冷漠地将自身倾注于一切事物之中。

　　我记得在我年轻的时候，我曾听闻过意大利的绘画是如此美妙绝伦，我也曾幻想过这些伟大的画作会是无比陌生：一个由颜色和形式惊世组合而成的异域奇迹，金帛珠玉点缀其间，仿若民兵的短矛和旗帜，这些在学校男孩的眼睛和想象中如同恶作剧一般。那些未知的东西让我想要去见识并且探索。当我最后来到罗马，亲眼看到这些图画时，我发现天才把欢乐、幻想和浮夸留给了新手，而天才本身则直接刺穿了简单和真实；它既熟悉又真诚；它是我已经在许多形式中见到的古老且永恒的事实——我为它而活；它是我如此熟悉的坦诚的你和我——家长里短，老生常谈。我在那不勒斯……也有过同样的经历。在那里，我发觉除了地点，什么也没有改变，于是我自言自语——"你这个愚蠢的孩子，你跨越四千英里的海洋跑到这里来,就是为了找到和家里一模一样的东西吗?"这一事实,我在那不勒斯学院的雕塑展厅里,在罗马的拉斐尔、米开朗琪罗、萨基、提香和达·芬奇的画作中,再次得到验证。"什么,老鼹鼠!你钻地钻得这么快吗?"旅途中,它一直陪伴着我;那些我以为留在波士顿的东西却在梵蒂冈,又沦落到米兰和巴黎,最后使得一切旅行落得索然无味。我当下的诉求是,所有这些画作不要让我眼花缭乱,而是要让我应付裕如。画作不能太过风景如画。没有什么比常识和坦率更令人叹为观止。一切伟大的行动都是简朴的,一切伟大的画面也都是如此。

然而,抛却一切关于艺术的溢美之词,我们最后必须坦率地承认,我们对于艺术的了解不过是井蛙之见。我们讴歌给予艺术的目标和承诺,而不是称颂实质的结果。那些认为创作的黄金时代已经成为过去式的人,往往低估了人类的才智。《伊利亚特》的真正价值是作为权力的象征,它们是趋势之流泛起的波浪或涟漪;它们是不懈努力创作的象征,即便在最糟糕的境况下,心灵也会将其显露在外。如果艺术不能与世界上最强有力的势力并驾齐驱,如果艺术不实用、不道德,如果艺术不与良知相联系,如果艺术不使穷人和市井之徒感受其崇高的对话,那就证明艺术还没有成熟。艺术工作高于艺术。艺术是一种不完善或不健全的本能的流产。艺术是创造的需要;但就其本质而言,它是无限的和普遍的,它不愿意用残缺或被捆绑的手工作,不愿意像所有的图画和雕像那样制造残疾和怪物。但它的目的不外乎是创造人和自然。只要一个人能够在艺术中找到他全部精力的出口,他就可以画画和雕刻。艺术应当振奋人心,并能够砸碎周围环境高墙的围困,就像作品在艺术家身上呈现的那般,唤醒观赏者的普遍关系和力量的意识,艺术的最高效果便是成就新的艺术家。

某些艺术的老化和衰败，足以历经漫漫历史长河的见证。很久以前，雕刻艺术便已落败，毫无用处可言。起初，它是一种有用的艺术，是一种书写方式，是一种野蛮人对感激或忠诚的记载，在一个对形式有着奇妙感知力的民族中，这种幼稚的雕刻被提炼到了最辉煌的效果。但这是一个源自粗鲁和年轻化民族的游戏，而不是一个明理和注重精神的国家的刚毅劳动。在枝叶扶疏、硕果累累的橡树下，在充满永恒之眼的天空下，我站在一条大道上；然而，在我们以雕刻作品为代表的造型艺术中，创作却被逼得无处遁形。坦白说，雕塑和玩具、剧院的摆设如出一辙。天性超越了我们所有的思想情绪，而天性的秘密我们还无从找寻。但是，画廊却任由我们的情绪摆布，有时它会变得轻浮不定。牛顿一向关注行星和太阳的轨迹，却不知道彭布罗克伯爵在"石偶"中发现了什么值得欣赏的东西，这一点并不足为奇。雕塑可以教授学生形式的秘密是有多么深奥，精神是多么纯粹地将其意义翻译成雄辩的方言。但是，在面对贯穿于万物之间，且厌倦赝品和无灵之物的新活动的时候，雕像会展露出冰冷和虚假的一面。绘画和雕刻是形式的欢呼。然而，真正的艺术从来不是固定的，而是持续流动的。倘若在转瞬即逝的生命中，人类能够坦露出温柔、真实或胆识的音调，那么最动听的音乐就在于人类的声音。所有的艺术作品都不应该超脱现实，而应当是即兴而作。一位伟人在举手投足之间都能够成就一座新的雕像。一位淑女是使所有的看客疯狂而尽显高雅的一幅画。生活可以是诗歌或传奇，亦可以是抒情诗或史诗。

如果发现一个人有资格宣布创造的法则，那么这一真实的宣告将把艺术带入自然的王国，并且将摧毁其独立和对立的存在。所有现代社会的发明和美感的源泉几近枯竭。一部通俗小说、一个剧院或一个舞厅让我们感受到,我们都是这个世界济贫院里的乞丐,缺乏尊严,缺乏技巧,也缺乏勤奋。艺术也是如此贫穷和低贱。即便是古代的维纳斯和丘比特,也会因古老的悲剧性"必然"而愁眉不展,并为这些反常的形象被引入自然界致以唯一的歉意——也就是说,这些反常形象是不可避免的;艺术家醉心于一种对形式的热忱,并且他无法抗拒在奢靡浮华中如此倾泻热忱——这种古老的悲剧性"必然"不再使凿子或铅笔有尊严。但是,艺术家和鉴赏家现在却在艺术中寻求展示他们的才华,或者寻求躲避生活磨难的避难所。人们对于自己想象中塑造的形象并不满意,于是他们逃向艺术,借助雕像或图画来更好地传达他们的感知。艺术上所做出的成就等同于感官上的努力,即将美从用途中抽离出来,附之以无法摆脱的工作,随之厌恶它,享受它。自然法则不允许这般慰藉和补偿,以及这般将美与用途划分开来。一旦人们是为了享受而寻找美,它就会使追寻者沉迷堕落。他无法在画布或石头上,在声音上,或在抒情作品中企及高尚之美;他所能形成的只是一种柔弱的、谨慎的、病态的美,但这不是美,因为手永远不能执行任何超出性格所能激发的东西。

分离的艺术,其本身首先是分离的。艺术不应是一种肤浅的才能,而必须发源于人类的更深处。当下,人们没有感受到自然界的美,于是他们便塑造一尊尽显姣好的雕像。他们厌恶人类的无趣、沉闷和食古不化,所以借用颜料包和石头块来聊以慰藉。他们唾弃索然无味的生活,而创造出一种他们称为诗意的死亡。在匆匆打发了一天疲惫的杂务之后,他们转而飞往舒适的遐想,不仅吃喝玩乐,而且将希望寄托于日后的理想。如此一来,艺术便受到了人们的诋毁;冠以艺术之名的艺术向人们传达了其次要的反感;它在人们的想象中是多少有点儿逆天而行的,并从一开始就惨遭死亡的打击。那从更高的层次开始——在吃喝之前就付诸理想,在吃喝中、在呼吸中、在生命的功能中付诸理想,难道不是美得其所吗?美必须回归于有用的艺术,人们也必须忘记美术和实用艺术之间的区别。如果历史是真实的,如果生命是高尚的,那么不再容易并且也不可能将两者区别开来了。在大自然中,所有的东西都是有用的,都是美丽的。之所以它是美丽的,是因为它是活的、动的、繁殖的;之所以它是有用的,是因为它是对称的、公平的。美不会在立法机构的召唤下呼之即来,也不会在英国或美国重蹈希腊的历史。它会像往常一样,不期而至,在勇敢认真的人类脚下雀跃,等待他们的发现。我们指望天才在古老的艺术中重申奇迹,不过只是徒劳一场罢了;在新颖且必要的事实中,在田野和路边,在商店和工厂中,发现美和神圣是天才的本能。我们重点的机械工程,如工厂、铁路和机械,所具有的自私甚至残忍的一面,不正是这些工程所服从的唯利是图冲动的结果吗?当一艘汽船在新英格兰和老英格兰之间架起大西洋的桥梁,并像行星一样准时到达港口时,便迈出了人与自然和谐共处的一步。圣彼得堡的船靠磁力沿着勒拿河航行,几乎不需要什么就能使它变得崇高。当科学在爱中习得,当科学的力量在爱中挥洒,它们就会成为物质创造的补充和延续。

诗　　人

　　那些被称为审美行家的人往往对受人尊敬的画作或雕塑有所了解，并且他们是对任何优雅的东西都感兴趣的人；但是如果你问他们是否拥有美丽的心灵，他们自己的行为是否如同画卷一般美丽，你就会知道他们不仅仅自私，而且还好色。他们的修为具有局部性，就好像你可以在一块干燥木头的一个地方摩擦生火，而其余的地方都依然寒冷。他们的美术知识仅是对一些规则和细节的研究罢了，或是对颜色或形体做出的一些颇具局限性的评价，他们这样做就是为了娱乐或显摆。他们的形体依附于心灵，人们对此已经失去了感知。这证明了我们业余爱好者头脑中所谓的美学知识是多么肤浅。我们的哲学中没有形体学之说。我们被放置在自己的身体里，就像火被吸纳进一口锅一样；但是精神和器官之间并没有精确的调节，更不用说器官是精神的萌芽。因此，就其他形体而言，知识分子不相信物质世界对思想和意志有任何本质上的依赖。神学家们认为谈论一艘船或一朵云、一座城市或一份合同的精神意义在于那一座美丽的空中楼阁，但他们更愿意回到具有坚实历史证据的土地上来；甚至诗人们也满足于一种文明而循规蹈矩的生活方式，依靠幻想来写诗，与自己的亲身体验保持适度的距离。但是，世界上最高尚的精神从来没有停止过探索每一个感性事实的双重意义，或者我应该说是四重意义、百分意义或更多的意义；俄耳甫斯、恩培多克勒、赫拉克利特、柏拉图、普鲁塔克、但丁、斯维登堡，以及众多雕塑、绘画和诗歌大师都莫不如此。时间之河及其生物所流经的源泉本质上是理想而美丽的，这一隐匿的真理吸引着我们去思考诗人或发现美的人所具备的性质和功能,引导我们去靠近使用的手段和材料,引导我们去了解当前艺术的各个方面。

这个问题的涉及面非常广,因为诗人是有代表性的。他站在局部的人中间,却代表着完整的人,他给予我们的不是他个人的财富,而是所有人共同的财富。年轻人非常崇拜天才,因为说实话,与年轻人相比,天才更像年轻人。天才会接受心灵带来的启示,年轻人同样也会接受,但天才却比年轻人接受得更多。在有爱心的人眼中,大自然把自己装点得更加美丽,因为他们相信诗人同时也在欣赏他的作品。他因执着真理和献身艺术而与同时代的人相隔绝,但他在追求的过程中也得到了安慰,他的追求迟早会吸引所有人。因为所有人都靠真理生活,都需要表达。在爱情、艺术、贪婪、政治、劳动、游戏当中,我们尝试说出我们痛苦的秘密。人仅仅是他自己的一半,而另一半则是他的表现。

尽管有宣泄的必要,但充分的表达依旧十分罕见。我不知道到底是怎么一回事,但我们仍然需要一名翻译。但绝大多数人似乎都很幼稚肤浅,他们还没有掌握自己的表达方式,或者如同哑巴一般,他们无法讲述他们与大自然之间的对话。所有人都预料到太阳、恒星、地球、流水拥有超越感知的效用。他们站在那里等着为我们提供服务。但是我们自身却存在一些阻碍,抑或是我们的性格过于冷淡,这并没有使它们产生应有的效果。大自然给我们留下的印象过于微弱,我们无法成为艺术家。每一次触碰都会让人倍感兴奋。每个人都应该是一位艺术家,他可以在谈话中讲述发生的事情。然而,在我们的经验中,光线或强大的附属物都拥有足够的力量到达感官,但还不足以达到感觉的要害并迫使其在言语中再现。诗人便是这些力量在他身体中处于平衡状态的人,是一个没有任何障碍的人,他可以看到并处理别人梦想到的一切事物,穿越整个经验范围。因为他接受和传递的是最大力量,所以他是人的代表。

因为宇宙有三个孩子,他们在同一时间出生,他们以不同的名字出现在不同的思想体系中,无论他们被称为原因、经过和结果;抑或是在更富有诗意的诗歌中被称为乔武、普路托、涅普顿……但我们在这里依旧称之为知者、行者和言者。它们分别代表着对真理的热爱、对善良的热爱和对美丽的热爱。这三者的地位是完全平等的。他们每一个都存在自己的本质特征,因此无法超越或分析他们,这三个都有潜藏在自己身上的其他两个人的力量,以及他自己的不二特质。

诗人是说话者、命名者,他代表着美。他是一位君主,站在舞台的中央。因为世界不是被刻意地描绘或装饰,而是从一开始就是美丽的……美丽本身便是宇宙的创造者。因此,诗人不是俯仰由人的君主,而是一位拥有独立意志的皇帝。批评充斥着物质主义的谎言,认为手工技能和体力活动是人类具备的首要优点,并贬低说而不做的不良作风,因为它忽视了一个事实,即有些人,也就是那些诗人,他们天生就是言者,他们被派到世界的任务就是表达,因为它把他们同那些以任务为本分但却放弃行动的模仿者混为一谈。但是荷马的话对荷马而言是昂贵无价和令人钦佩的,就像阿伽门农的胜利对阿伽门农一样。诗人并不等待英雄或圣人。但是,正像英雄的主要任务是行动,而圣人的主要任务是思想一样,诗人主要写下的是他想说而且必须说的话,考虑到其他人尽管各有所长,但对他而言,都是次要人物和仆人;他把这些人仅仅看作是画家工作室中的模特,或者是把建筑材料递给建筑师的助手。

因为诗歌都是提前写成的,每当我们有了如此精细的器官,以至于能够深入空气就是音乐的境界所在,我们就会听到那些原始的颤音,并试图把它们记录下来,但我们总是时不时丢掉一个词或一句话,因此我们只能用我们自己的东西来代替,这样写出来的诗就走形了。耳朵更加灵敏的人可以更忠实地记录这些旋律,这些文本虽然并不完美,却成了各国的国歌。因为大自然不仅善良而美好,它还是公正合理的,因此必须尽可能按照人们研究和认识的样子出现。语言和行动并非是迥乎不同的两种神圣力量。语言也是行动,行动则是语言的一种。

诗人的标志和资历是他可以宣布人们未曾预言过的事情。他是真正的、唯一的导师;他知识渊博、善于言谈;他是新闻的唯一讲述者,因为他在场,并且知道他所描述的情况。他是思想的旁观者,能够说出必然和偶然。因为我们现在谈论的不是有诗意才能的人,也不是精通韵律技巧的人,而是真正的诗人。不久之前,在我和别人交谈的时候,提及了最近的一位抒情诗人,他的头脑似乎是一个音律和谐的音乐盒,里面装有微妙的曲调和节奏,他的语言技巧和驾驭能力无论怎样称赞都不为过。但是,如果要问到他是否不仅是一位抒情诗作者,而且还是一位诗人,那么我们不得不承认,他显然是一个当代人,而不是一个永恒的人。他并没有摆脱我们低级的限制,不像赤道下面的钦博拉索山脉,从炎热的平原高耸入云,穿过全球所有的气候区,每一个纬度的植物带都分布在其绚丽多彩的高坡上;但这个天才是现代住宅的景观,用喷泉和雕像装饰,温文尔雅的绅士和淑女站着或坐在小径和露台上。通过各种各样的音乐,我们听到了传统生活的基调。我们的诗人是唱歌的天才,而不是音乐的孩子。论证是次要的,诗句的结尾是主要的。

因为构成诗的并非是韵律,而是构成韵律的主题。诗是一种充满激情和活力迸发的思想,就像植物或动物的精神一样,它有自己的结构,并用全新的事物装饰大自然。思想和形式在时间的顺序上是平等的,但在起源的顺序上,思想优先于形式。诗人有一种全新的思想,他有一种全新的体验要展现;他会告诉我们他的情况如何,所有人都会用他的财富变得更加富有。因为每个新时代的经验都需要新的忏悔,世界似乎总是在等待它的诗人。我记得当我还小的时候,有一天早上,我听说一个坐在我旁边的年轻人身上出现了天才时,我是那么激动。他曾经放下自己的工作,漫无目的地四处走,谁也不知道他走到哪里去了,他写下了数百行诗,但不知道他内心的东西是否全然写在了纸上,他只能说一切都发生了改变,人、兽、天、地、海。我们如梦如醉地听着!相信他所说的一切!社会似乎已经妥协。如日方升、群星隐匿,我们就坐在日出的璀璨光芒之中。波士顿的距离似乎比前一天晚上远了一倍,或者远得更多。罗马,罗马又算得了什么?普鲁塔克和莎士比亚消弭于黄叶之中,荷马再也听不到了。如今,我们知道诗就在今天,就在这个屋檐下,在你们身边已经写下来了,这可是一件非同寻常的事情。什么?那种美妙的精神还没有消逝!这些冷酷的时刻仍然闪闪发光,充满活力!看啊!一个整夜,从每一个毛孔源源不断地流出这些美丽的光芒。每个人都对诗人的到来倍感兴趣,然而没有人知道这与他有多大关系。我们知道世界的秘密是不可捉摸的,但我们不知道谁或什么将是我们的诠释者。一次山间的漫步,一张全新的面孔,一个新人,可能会把钥匙交到我们手中。当然,天才对我们的价值在于其报告的准确性。有天赋的人可以嬉戏和演变戏法,天才却要去实现并且进行补充。到目前为止,人类非常认真地了解了自身和他们自己的工作,以至于站在山峰之巅最重要的守望者宣布了他的消息。这是有史以来说过的最真切的一句话,在那个时代,这句话将是最具合适性、最具音乐性、最具准确性的世界声音。

我们称为神圣历史的所有记录证明,诗人的诞生是历史上的一个主要事件。即使从来没有被欺骗过的人,仍然在等待一个兄弟的出现,这个兄弟能使他坚信真理,直到他把真理变成自己的真理。我怀着多么愉快的心情开始诵读一首诗,因为我相信这首诗就是一种灵感!现在我的锁链要断了,我要穿越我生活的这些云朵和不透明的空气,虽然它们看起来是透明的,但实际却是不透明的。这将使我适应人生,恢复原有的天性,看到由一种趋势所驱动的琐事,并知道我在做什么。人生不再是噪声,现在我要看见男人和女人,知道他们与愚昧的人和愚蠢的人区别开来的标志。这一天将比我的生日还要美好,那时我变成了一只动物,现在我被邀请进入真实的科学之中。这就是希望,它的实现却被推迟。我很快又跌入了我的旧巢,像以前一样过着浮夸的生活,我对任何能带我去那里的向导都失去了信心。

然而,将这些虚荣的牺牲品置于一边,让我们怀着新的希望去观察大自然是如何通过更有价值的冲动,即通过事物的美,来确保诗人忠实于他的宣告和证实这一职责的,而那种事物的美在表现的时候就成为一种新的、更加崇高的美。大自然把它创造的所有生物都作为图画语言提供给诗人。作为一种类型,第二种奇妙的价值便出现在了物体之中,远远优于其原有的价值;就像木匠拉长的绳子一样,如果你把耳朵贴得足够近,它在微风中就如同乐曲一般动听。扬布里柯说:"比每一个意象都美好的事物都是通过意象表现出来的。"事物允许作为象征而存在,因为不管从整体上说,还是从局部来看,自然界本身就是一个象征。我们在沙子上画的每一条线都有其意义,没有精神和天赋的身体并不存在。一切形态都是性格的外在表征,所有情况都是生命特质的表现;一切的和谐都是健康的表现,因此,对美的感知只有对善才应该是契合的,或者是适合的。美建立在必要的基础上。心灵创造了身体,正如睿智的斯宾塞所说：

"每一个精神由于最纯洁无瑕，
并具有更多的神圣光芒，
所以得到的躯体外表完美
它身在其中，把自己装点得更加壮丽，
有优雅的风度、和蔼的外形。
因为躯体以心灵的形式呈现，
心灵便是形式，并塑造了躯体。"

在这里，我们突然发现自己不是在一个批判性的推测之中，而是在一个神圣的地方，应该非常谨慎和虔诚地行走。我们站在世界的秘密面前，在那里本质变成了外观，统一性变成了多样性。

宇宙是心灵的外在表征。无论生命在哪里，它都会突然出现在生命的周围。我们的科学是感性的，因此也是肤浅的。地球、天体、物理和化学，我们只是感性地去看待，就好像它们独自存在一样，但这些其实都是我们所具备的存在的随从。

难怪这些水如此之深，以至于我们带着敬畏之心对之徘徊也显得司空见惯。寓言的美向诗人和所有其他人证明了感觉的重要性；或者，如果你愿意的话，在感受这些自然魅力的影响方面，每个人都是诗人，因为所有人都有一些宇宙为之称赞的想法。我发现魅力在于象征之中。谁热爱大自然呢？谁又不热爱大自然呢？难道只有诗人和有修养文化的人才跟她住在一起吗？不，还有猎人、农民、马夫和屠夫，尽管他们在选择生命时表达了他们的情感，而不是在选择语言时。作家渴望知道车夫或猎人在骑马、驾车的时候，他们看中马和狗身上的什么品质。这不是肤浅的品质。当你和他谈话时,他和你一样,并没有把它们当回事。他的崇拜是带有同情心的,他并未明确表示,但在自然界中,他被他感觉到的存在的生命力量所支配。任何模仿或玩弄这些事物的行为都无法满足他,他喜爱北风、雨水、石头、木头和钢铁的真诚。一种无法解释的美比一种我们可以一眼看穿的美弥足珍贵。他以粗俗而真诚的仪式去崇拜具有象征意义的自然,证明了超自然的自然充满生气蓬勃的身体。

这种依恋的内在性和神秘性驱使着各个阶层的人开始运用象征。诗人和哲学家的各个流派并不比普通大众更陶醉于象征。在我们的政党中,估算一下徽章和标志的力量。看看他们从巴尔的摩滚到邦克山的好球!在政治游行中,洛厄尔坐在织布机上,林恩穿着鞋子,塞勒姆坐在船上。见证苹果酒桶、小木屋、山胡桃手杖、矮棕榈以及所有的派对标志。再去看看国徽的力量。一些星星、百合花、豹子、新月、狮子、老鹰,或其他值得赞扬的图案,它们被画在一块旧的旗帜上,在地极的堡垒上迎风飘摇,天知道信誉是如何得来的,它们在最粗鲁或最传统的外表下使热血沸腾。人们以为他们讨厌诗歌,他们实际上都是诗人和神秘主义者!

除了象征语言的普遍性之外,我们还了解到这种对于事物的高级使用的神圣性,在这一点上,自然界中没有任何事实不承载整个的自然意义;当自然被用作一种象征时,我们在包罗万象的事件中所见到的高低、真假之间的差别就会消失。思想使一切都变得适用。一个无所不知的人的词汇会包含礼貌对话中排除出去的词汇和意象。对于猥亵的人而言,荒淫无度的事物用一种新的思维方式表达出来,反而变得冠冕堂皇了起来。渺小而卑鄙的东西同时也是伟大的象征。法律表达的方式越是刻薄,它就越显得刺鼻,在人们的记忆中保留的时间也就越持久:就像我们选择一个最小的盒子或箱子来装任何需要的器具一样。对于一个富有想象力的活跃头脑来说,简单的单词列表极具启发性;据说这与查塔姆勋爵有关,当他准备在议会上发言时,他习惯于查阅贝利词典。为了实现表达思想的目的,最贫乏的经验也显得足够丰富。为什么还渴望了解新的事实?各行各业和各种奇观对我们诚然有用,白昼黑夜,房子花园,几本书,几件事,也对我们大有裨益。我们还远远没有用尽我们使用的几个符号的象征。我们还可以用一种非常简单的方式来使用它们。一首诗的篇幅不需要特别长。每一个词曾经都是一首诗。每一种新的关联都是一个新词。此外,我们利用缺陷和畸形来达到神圣的目的,从而表达我们的感受,以至于世界的邪恶只是邪恶眼中的产物。

诗人将事物重新连接到自然和整体——以更深刻的洞察力,甚至是把人造事物和违背自然的事物重新连接到自然——他能很容易地处理那些最令人不快的事实。诗歌的读者看到工厂涌现和铁路纵横,就认为这些东西破坏了山水美景;因为这些艺术品在阅读中还没有被奉为神圣之物,但诗人看到它们落在了一个伟大的秩序中,不亚于蜂巢或蜘蛛编织的几何网。大自然很快就将它们融入了她的生命圈,她喜欢的那列滑行列车就像她自己的一样。此外,在一个潜心贯注的思想中,你展示了多少机械发明并不意味着什么。虽然你增加了千千万万,无论怎样令人感到奇怪,但机械性的事实连一粒粮食的重量也没有。精神事实是不可改变的,就像无论山峰多高也无法划破地球的曲线。一个精明的乡下男孩第一次进城,而趾高气扬的市民看到他并没有对城市感到奇怪,他们对他的反映并不满意。这并不是说他没有看到那些漂亮的房子,也不是说他以前从未见过这样的房子,而是他很容易把它们应付过去,就像诗人为铁路找到一个可以容身的地方一样。这一新事实的主要价值在于它可以增强生命中伟大而永恒的事实，这一事实可以使任何情况都相形见绌，而贝壳串和美国商业也都是如此。

这样，世界就被置于下意识中去寻找动词和名词，诗人就是能够表达它的人。虽然生命是伟大的、迷人的、令人心向往之，尽管所有的人都对为生命命名的象征心照不宣，然而，他们还是不能灵活自如地运用它们。我们就是象征，并存在于象征之中；工人、工作、工具、文字、事物、出生和死亡，这些都是象征；但我们同情象征，由于迷恋事物的经济用途，我们却不知道它们就是思想。诗人以一种不可告人的理智感知，赋予事物一种力量，使它们忘记以往的用途，使无法发声的无生命之物变得眼明嘴巧。他意识到了思想对象征的独立性，看到了思想的稳定性、象征的偶然性和短暂性。正如人们说林扣斯的眼睛能看穿地球一样，诗人可以把世界变成玻璃，向我们展示处在正确序列和进程中的万事万物。因为通过这种更好的感知，他离事物更近了一步，看到了流动或变形；意识到思维是多样化的，在每一个生物的形态中都有一股力量促使它提升到更高的形态；生命在诗人的身后紧紧跟随，使用表达生命的形式，因此他的语言也随着自然的流动而流动。诗人根据生活使用形式，而不是根据形式本身。这才是真正的科学。只有诗人才懂得天文学、化学、植被和盎然的生机，因为他并没有停留在这些事实的面前，而是将它们作为标志来使用。他知道为什么空中的平原或草地上撒满了我们称为太阳、月亮和星星的花朵；为什么动物、人和神装饰着大海；因为他把所说的每一句话都视作思想的马去驾驭。

凭借这门科学，诗人成为命名者或语言创造者，他有时以事物的外观命名，有时以事物的本质命名，并给每一个事物都赋予一个属于自己的名称，而出现与其他事物名称混用的问题，从而使以超脱或界限为乐的智慧欢欣鼓舞。所有的文字都是诗人创造的,因此语言就成了历史的档案,如果我们必须说的话,它还是诗人们的坟墓。因为虽然我们大多数词语的起源都被遗忘了,但每个单词起初都是天才的一笔,并且得到了广泛传播,因为对于第一个说话者和听话者来说,它在当时是世界的象征。词源学家发现,即使是已经废弃许久的单词曾经也是一幅辉煌的图画。语言是变成化石的古诗。如同大陆上的石灰岩是由无数的动物外壳组成的一样,语言是由意象或比喻组成的,而如今这些意象或比喻在其次要使用中早已不再提醒我们它们的诗意起源。但是诗人给事物命名是因为他看到了它,或者比其他人都更接近事物。这种表达或命名并不是艺术,而是第二自然,这是从第一自然发展而来的,就像一片树叶从树上生长出来一样。我们所说的自然是某种自我调节的运动或变化,大自然用自己的双手创造了万事万物。我记得有一位诗人曾这样描述我:

天才是修复事物衰败的活动,无论是全部有形有限的事物,还是部分有形有限的事物。大自然通过她所有的王国为自己保驾护航。没有人关心种植这种可怜的真菌,因此,她从一个伞菌的菌褶里边要下来无数的孢子,任何一个孢子被保存下来,日后都会传播成为不计其数的新孢子。此时的新伞菌拥有一个老伞菌从未有过的机会。这颗种子被撒到一个新的地方,而不会受到意外事件的影响,因为意外事件摧毁了它两杆之外的母体。她创造了一个人,在把他抚养到成熟年龄之后,她将不再冒着失去这一奇迹的风险,而是从他身上分离出了一个全新的自我。这样,即使自我容易受到事故的影响,但是种属依旧可以安然无恙地保存下来。因此,当诗人达到思想的成熟时,她就把诗歌从中分离出来,传播出去——那时一种无畏、不眠、永生的后代,它不会受到那令人疲惫的时间王国的伤害；一种无畏、活泼的后代，身上长着翅膀（这是他们从心灵中繁育出来的美德），把诗歌快速带到远方，并将它们根植于人们的心中。这些翅膀正是诗人心灵的美。这些诗歌从它们终有一死的凡人身体中飞了出来，并获得永生的能力，但却被喧嚣的责难声所追逐，这些责难声蜂拥而来，威胁着要吞噬它们，但它们没有翅膀。在一个短暂的跳跃之后，它们便纷纷落地，化作春泥，因为它们没有从心灵那里得到美丽的翅膀。但诗人的曼妙旋律在无限的时间里升腾、跳跃、穿透。

到目前为止，这位吟游诗人用他更加自由的语言开导了我。但是在新个体的产生中，大自然有一个比安全更加高级的目标，即升华，或心灵进入更高形态之中。在我年轻的时候，我认识了一位雕塑家，他制作了矗立在公园里的青年雕像。我记得，他无法直接说出是什么让他快乐，或者是什么使他不快乐，但他可以通过迂回曲折的巧妙判断把道理讲清楚。有一天，他按照他的习惯在黎明前起床，他看到了黎明，黎明的景象如同它所产生的永恒一样伟大，在那之后的许多天，他努力表现出这种宁静。瞧！他的凿子在大理石上凿出了一个美丽的年轻人的形象，他的相貌如此迷人。据说所有看过他的人都变得沉默。诗人也沉湎于自己的思绪之中，那种使他激动的思想以一种全新的方式表现出相同而又不同的面貌。这种表现是有机的，或者说是事物得以解放时所表现出来的全新形态。正如在太阳下，物体在眼睛的视网膜上绘制出自己的形象一样，它们与整个宇宙有着共同的愿景，往往会在他的脑海中绘制出其本质的更为精细的副本。就像事物蜕变为更高级的有机形式一样，它们也会变成诗歌。大海、山脊、尼亚加拉和每一个花坛都预先存在或在预言之中超常规存在，这种预言就像空气中的气味一样飘扬四溢，任何一个听觉敏锐的人路过时，都会听到它们，并努力写下音符，而不稀释或毁坏它们。这就是人们所相信的批评的合法性,这些诗歌是某些文本的腐化版本,它们应该与原文相吻合。我们的一首十四行诗中的一个押韵应该比一个贝壳的重叠节纹或一束鲜花看起来相似却存有差异更令人愉悦。鸟儿成双配对便是一首田园诗,不像我们的田园诗那样乏味;一场狂风骤雨就是一首粗犷的颂歌,没有虚假或咆哮;一个播种、收获和储藏着丰收的夏天就是一首史诗,使多少令人拍案叫绝的乐章都不可企及。为什么调节这一切的和谐和真理不应该悄然潜入我们的思绪,为什么我们不应该分享大自然的创造呢?

这种洞察力通过所谓的想象力来表现自己,这是一种非常高级的视觉,它不是通过研习来实现的,而是通过位于某地的智慧以及所见所闻来实现的;通过形式来共享事物的路径或线路,从而使它们对其他事物因显得易于了解而获得。万物的轨迹都是沉默的。事物会允许演讲者跟他们同行吗?如果你是一个间谍,请止步于此;如果你是一个有情人,一位诗人,它们倒是甘愿陪伴,因为有情人和诗人是它们自己本性的超然存在。就诗人而言,真正命名的条件是他接受了通过形式来呼吸的神圣气息,并与之相伴。

每一个知识分子都很快了解到一个秘密,那就是:在他拥有冷静而自觉的能力之外,他能够通过顺应事物的本质而获得一种新的能力(就像一种智能自身加倍);除了他作为个人的权力隐私之外,还有一种巨大的公共权力。诗人知道,只有当他说话时疯狂一些,或者"用心灵之花",才能把话说得中正圆融,把话说得恰如其分,不能把智能当作一个器官,而是把智能从一切工作负担中解放出来……或者,正如古人习惯于表达自己那样,不仅仅是智能,还要依靠被甘露陶醉的智能。正如迷路的旅行者将缰绳扔到马颈上,并相信动物的本能会找到自己的路一样,我们也必须这样对待带领我们穿越这个世界的神马。如果我们能以某种方式激发这种本能,通向大自然的新通道就会为我们打开;心灵进入坚固无比、深不可测的事物之中,蜕变才能成为一种可能。

这就是为什么吟游诗人喜欢葡萄酒、蜂蜜酒、麻醉品、咖啡、茶叶、檀香木和烟草的烟雾,或者其他任何能让身体感到兴奋的东西。所有人尽其所能利用各种手段,将这种非凡的力量增加到他们的正常能力中;为此,他们珍视对话、音乐、图片、雕塑、舞蹈、戏剧、旅行、战争、暴徒、火灾、游戏、政治、爱情、科学或肉体陶醉,无论粗糙与否,抑或是精细与否,这些都是真正的美酒的半机械式替代品,而真正的美酒因为更加接近事实而使智能陶醉于其中。这些都是一个人离心倾向的辅助物,是他进入自由空间的通道,它们帮助他摆脱肉体的禁锢,帮助他从个人关系的牢笼中逃脱。因此,许多人都是美的专业表达者,如画家、诗人、音乐家和演员,他们比其他人更习惯于过着快乐放纵的生活,除了少数几个真正品尝过美酒的人之外;因为这只是一种获得自由的虚假方式,只能进入更加卑鄙但又自由的地方,他们因此反而为他们赢得的优势而受到惩罚,这便是消散和恶化。但是,大自然永远不会受到欺骗。麻醉剂带给我们的并不是一种灵感,而是一些虚假的兴奋和愤怒。这与玩具的情况一样。我们在孩子们的手上和托儿所里放满了各种各样的娃娃、小鼓和小马,把他们的眼睛从大自然朴实平淡的脸上和令人满足的实物中移开,如太阳、月亮、动物、流水和石头,这些应该是他们的玩具。因此,诗人应该把自己的生活习惯放在一个很低的水平,这样,即便是普普通通的影响也会使他悠然自得。他的快乐应该是阳光的馈赠,空气应该足以给他灵感,他应该饮水而沉醉。那种足以满足平静心灵的精神,似乎从每一个干涸的草丘,从每一个松树树桩和半埋半露的石头上,在三月阴暗的阳光照射下,进入饥寒交迫和情趣乏味的人们的内心之中。如果你用波士顿和纽约、时尚和贪婪填满你的大脑,用葡萄酒和法国咖啡刺激你疲惫的感官,你将在孤独荒野的松林里找到智慧之光。

如果想象可以使诗人陶醉,那么想象对其他人也会起作用。变形可以使观看者兴奋不已。象征的使用对所有人都释放出一种解放和兴奋的力量。我们似乎被一根魔杖所触动,它让我们像孩子一样快乐地奔跑起舞。我们就像是从洞穴或地窖里出来到户外的人。人们真的有了一种新的意识,在他们的世界里发现了另一个世界,或者是一系列世界;因为一旦出现变形,我们就预言它永远不会停止。我现在不会考虑这会在多大程度上为代数和数学带来魅力,它们也有自己的比喻,但是它们的美丽只有在每一个定义中才能感受到;正如亚里士多德将空间定义为一个静止不动、包罗万象的容器,柏拉图把一条线定义为一个流动的点,图形的定义是立体的界限,还有很多类似的定义。当维特鲁威宣布艺术家们的旧观点,即不懂一点解剖学的建筑师是无法把房子建造好时,我们体验到多么快乐的自由感。当柏拉图把世界称为动物时,蒂迈欧肯定植物也是动物;或者肯定人是一棵神圣的树,依靠他的根向上生长,正如乔治·查普曼写道:

"人就是一棵树,他的根部粗壮,从顶部生长出来。"

当俄耳甫斯把白发苍苍说成"标志耄耋之年的那朵白花"时;普罗克勒斯称宇宙为智能的雕像。当乔叟在他对"绅士"的赞美中,把卑鄙的高贵血统比作火,火虽然被带到这座山和高加索山之间最黑暗的房子里,但它仍将履行其天职,燎原烈火,火光冲天,如同万人瞩目一样;当约翰在《启示录》中看到世界因邪恶而毁灭,看到星星从天上坠落,如同梧桐树因大风吹动而掉下的不成熟的果实；当伊索通过伪装的鸟兽来揭露所有的普通日常关系时——当他们这样的时候，我们欣然接受了暗示：我们的本质以及它多变的习惯和逃避，就像吉普赛人所说的那样，"把他们绞死是徒劳的，他们是不会死的"。

古代英国吟游诗人自诩为"全世界自由的人"。他们是自由的，同时又使一切事物变得自由。我们最开始阅读一本富有想象力的书，它借助比喻激励我们，使我们收益颇丰，之后我们能够准确理解作者的意图，对书中的内容饶有兴趣。我认为一本书除了超凡脱俗之外没有任何价值。如果一个人被他的思想刺激并冲昏了头脑，以至于他忘记了作者和读者，仅仅注意到让他像疯子一样癫狂的梦想，让我读一下他的文章，可能会获得所有的论点、历史和批评。毕达哥拉斯、帕拉塞尔索斯、科尼利厄斯·阿格里帕、卡丹、开普勒、斯维登堡、谢林、奥肯，或任何其他将可疑事实引入其宇宙进化论的人，他们所具有的价值都是我们背离常规的证明，而且这里就存在一个新的证据。这也是谈话中最大的成功，是自由的魔力，它把世界像皮球一样放在我们手中。当一种情感把汲取和维护天性的力量传递给智力的时候，自由显得多么廉价，学习也是何等卑微，前景又是多么美好啊！民族、时代、制度就像一条条五光十色的细线，在进出之间荡然无存。

我们有充分的理由珍视这种解放。一个可怜的牧羊人因被暴风骤雪吹瞎了双眼而迷路，最后在离自己的小屋门口很近的地方死去，他的命运是人类生存状态的象征。在生命和真理之水的边缘，我们将悲惨地死去。除了我们所处的思想环境，否则每一个思想都是无法实现的，这可真是不可名状。如果你接近它又会怎样，当你离得最近时与你离得最远时其实都是一样的遥远。因此，我们喜爱诗人这位发明家，他以任何形式,无论利用一首颂歌,还是利用一个动作,通过外表还是行为,都为我们带来了一种新思想。他解开了我们的枷锁,让我们进入了一个新场景。

这种解放对所有人来说都是宝贵的,赋予这种解放的能力就是衡量智能的标杆,因为它必须来自更深入和更广泛的思想,是一种智力的衡量标准。因此,所有充满想象的书往往经久不衰,所有这些书都上升到真理的高度,作者看到自然就在他的脚下,并将其作为他的表现方式。拥有这种优势的每一句诗词都会保持不朽。

但是想象的品质如同滔滔江水奔流不息,而并非如同寒冰坚不可摧。诗人并未停留在色彩或形体,而是深入探索它们的含义;他不会轻易相信这种定义,他会使用同样的物体来代表他的新思想。诗人和神秘主义者之间的区别在于,后者将一个象征死死地钉在一种意义上,尽管这种意义一度是真实可信的,但很快就会变得陈旧而虚假。因为所有的象征都具有流动性,所有的语言都像渡轮和马匹一样具有传递性,可以作为交通工具,而不像农场和房屋那样适合安家。神秘主义在于把一个偶然的、个别的象征误认为是一个普遍的象征。早晨的红色恰巧在雅各布·伯麦眼中,清晨的一抹朝霞正是那耀眼的流星,它代表着真理和信仰。他认为,对于每一位读者来说,它也应该代表同样的现实。但最初的读者更喜欢自然而然地把它看作是母亲和孩子,或园丁和他的球茎,或珠宝商抛光打磨的宝石。其中任何一种或者不计其数的象征中的一种,对于感觉它们有意义的人而言,这些象征都是同样美好的存在。只是必须牢牢将它们握在手中,并且非常乐意地把它们翻译成其他人使用的等效术语。然而,必须坚定地告知神秘主义者:你不厌其烦地使用这种象征所说的一切都与不用象征时所说的话一样真实可信。让我们学习一点儿代数,而不是这种陈词滥调——使用通用的象征,摒弃这种浅陋的象征——这样,我们便都成了赢家。

在近代以来的所有人中,斯维登堡出色地将自然翻译成思想。我不知道历史上竟然会有这样一个人,万事万物对于他而言,全部都是言语的代表。变形不断地在他面前上演。他所关注的一切都服从道德本性的冲动。无花果在他吃的时候变成了葡萄。当他的一些天使证实了这样一个真理时,他们手里拿着的桂枝便会开花。远处传来的嘈杂声像是咬牙切齿、呼天抢地般的喧闹,走近时却发现这是争论之声。

他有一种感知,使诗人或先见成为令人敬畏的对象,即同一个人或同一群人可能在他们自己和他们的同伴心中是一种形象,而对于更高级的智能来说却是迥乎不同的形象。

我徒劳地寻找我所描述的诗人。我们既无法做到浅显地评论生活,也做不到深刻地剖析生活,我们也没有勇气挑战我们自己的时代和社会环境。如果我们用勇气充满了时代,我们就应该义正词严地为它庆祝。但丁颇受赞誉的原因在于他敢于用密码写他的自传,或者说他敢于将自传融入普遍性之中。在美国,我们还没有一个高瞻远瞩的天才,他能知道我们无与伦比的材料素材的价值,能在这个时代的野蛮作风和唯物主义之中,看到荷马。然而,在我们眼中,美国就是一首诗;它的广阔无垠让人眼花缭乱,而且等不了多久美国便会因其音律而接受诉讼。如果我没有在我所寻求的同胞身上找到天赋的完美结合人才,我时不时地阅读查默斯的五百年英诗大全也无法帮助自己确定诗人的含义。与其说这些人就是诗人,倒不如书他们是足智多谋的才子,尽管其中也有一些人就是诗人。但是当我们坚持诗人的理想标准时,即使是弥尔顿和荷马也难以被称为诗人。弥尔顿过于追求文学化,荷马过于追求文学与历史化。

但是,我还不够明智,以至于无法形成民族性的批评,因此我必须再次利用古人的渊博知识,只有这样才能使我完成从诗歌之神到只关注自己艺术的诗人的使命转变。

艺术是创作者通向他的作品的道路。这些道路或方法是理想而永恒的,尽管见过它们的人屈指可数;不要说艺术家自己多年以来看不到,即使一生也看不到,除非他拥有这样的条件。画家、雕塑家、作曲家、史诗狂想家、演说家都怀揣着一个愿望,即要把自己浓墨重彩地表达出来,而不是片面狭隘地表达自己。他们要把自己置身于某种环境之中,就像画家和雕塑家面对一些令人印象深刻的人物;就像演说家走进人民大众中间;抑或是其他人面对能够激发自身智能的场景;每个人都感受到了新的渴望。他听到了一个声音,他看到一个人在招手。他不能再甘之若素了,他借老画家的话说:"天啊,它在我的身体里边,必须从我身体里出来才行。"他追求的是一种在他面前飞舞的、若隐若现的美。诗人在孤寂低沉之时才思泉涌,诗兴大发。毫无疑问,他说的大多数话也都不免世俗;但渐渐地,他便会说出一些新颖美丽的话。这让他如梦如醉。除此之外,他不再会说其他任何话。在我们的谈话方式中,我们总说,"那是你的,这是我的";但诗人心里非常清楚,这并不是他的东西;无论对于它还是对于你来说,它都是一样的奇异而美丽,他很想听到类似这样的雄辩。一旦品尝了这种不朽的神水,他就会永远不知满足。由于这些智慧中存在着令人钦佩的创造力,因此,把这些东西说出来是极为重要的事情。我们所知道的仅仅是冰山一角而已!我们从知识的海洋中抽取出来的水也不过是杯水车薪罢了!当如此多的秘密沉睡在自然界中时,这些东西能被揭开是多么偶然啊!语言和歌唱是非常必要的,因此,在集会上便有了演说家的这些悸动和心跳,其目的就是将思想可以作为标志或文字表达出来。

诗人啊,不要怀疑,坚持到底。只是说:"它在我的心中,一定会出去。"一定要坚持住,即使困难重重、畏首畏尾、哑口无言、结结巴巴、嘘声不断,也要坚持下去,奋力拼搏,直到最后愤怒把每晚向你展示的你就是你自己的梦幻力量从你的身体中激发出来;这种力量超越了一切的限制与隐私,凭借这种力量,人就成为整个电流的导体。任何事物如果不能在他面前作为其意义的象征而出现与行动,阐释他的观点,它就无法行走、爬行、生长或存在。当他拥有那种能力时,天才就永远不会贫乏。所有成双成对、结伴同行的生物都像涌入挪亚方舟一样地涌进他的心中,之后再出来,并在一个全新的世界生活。这就像供我们呼吸或燃烧壁炉的空气储备,不是几个加仑,而是整个大气。因此,如荷马、乔叟、莎士比亚和拉斐尔这些作品高产的诗人,除了他们的生命有限之外,他们的作品显然没有受到任何限制,就像是一面拿到大街上的镜子,随时准备呈现每一个被创造的事物的形象。

啊,诗人!一种新的高贵品质是在小树林和牧场上授予的,而不再是在城堡或剑刃上授予的。条件虽然艰苦,但却平等。你将离开这个世界,只知道的是诗神。你不会再知道时代、习俗、风度、政治或人们的观点,而只会从诗神那里获得一切。因为城镇的时间是丧钟从世界上敲响的,但是在自然界中,普遍的时间是由后续繁衍的动植物部落以及持续增长的欢乐来计算的。他人必将成为你的随从,代替你所有的礼仪和世俗生活;他人也会做出伟大而震撼的行动。你应该把本性掩藏起来,不能暴露于国会大厦或证券交易所。这个世界充满了弃绝和师从,这便是你的世界:你必须在很长一段时间内被他人视为傻瓜和粗鲁的人。这是潘用来保护他心爱的花朵的外罩,只有你自己知道你,他们会用最温柔的爱来安慰你。你不能在诗中重复你朋友的名字,因为在神圣的理想面前有一种古老的羞耻感难以名状。这就是对你的回报,理想对你来说将变成现实,对现实世界的印象必然会像夏天的雨水一样倾泻到你坚不可摧的本质上,虽然丰富,但并不麻烦。你获得所有的土地作为你的园地和庄园,整片海洋供你沐浴和航行,没有人会纳税,也没有人会嫉妒;你将拥有森林和河流;你将拥有所有的土地,而别人在这些土地上不过是租客和寄宿者罢了。你才是真正的地主!海主!空中领主!无论哪里狂风暴雪、流水潺潺、飞鸟翱翔,无论哪里的白天和黑夜在暮色中相遇,哪里的蓝天飘浮着云朵,或缀满星辰,无论哪里的形体精致透明,无论哪里有通向天际的道路,哪里有危险、敬畏、爱情,哪里就有美丽,如雨水一般丰盈的美为你流淌,哪怕你环游世界,你都会发现万事万物如此光彩。

性　　格

　　我曾经从书本上读到，那些听过查塔姆勋爵讲话的人觉得这个人身上有比他所说的任何话都更好的东西。我们英国的那位杰出的法兰西大革命历史学家曾抱怨说，当他讲述有关米拉波的所有事实时，这些事实并不能证明他对这位天才的估计言之有理。格拉古、亚基斯、克里奥尼和其他普鲁塔克笔下的英雄，均记录在事实之中，并相称于他们自己获得的名声。菲利普·锡德尼爵士、埃塞克斯伯爵、沃尔特·罗利爵士都是伟人，但却事迹寥寥。在有关华盛顿功绩的叙述中，我们找不到任何有关华盛顿个人影响力的东西。就席勒的著作来说，其中颇具虚有其表之感。这种声誉与作品或逸事之间不相称的问题，并不是雷声短、回响长这样一句话能够解释清楚的，而是在某种程度上存在于这些人身上的某些品质产生的一种期望，超越了他们的所有作为。他们绝大多数的力量是潜在的。这就是我们称之为性格的东西———一种通过风度直接发生作用的保留力量，而非是通过手段。人们认为它是一种无法证明的力量，一种精灵或守护者，人受它的冲动引导，但无法传达它的建议；它是人的陪伴，所以这些人往往是孤独的，或者如果他们天生合群，他们也不需要社交，但却可以沾沾自喜。最纯粹的文学才华时而伟大，时而渺小，但是性格却具备一种无与伦比的伟大。其他人的成就通过才华或口才取得，这种人需要依靠某种吸引力来实现。"他没有把自己的一半力气拿出来。"他取得的胜利是通过展示其优越性，而不是依靠大张旗鼓。他之所以能够取得胜利，是因为他的到来改变了事物的发展形势。

"哦,伊俄勒！你怎么知道赫剌克勒斯是一位神呢?"伊俄勒回答说:"我一看到赫剌克勒斯就心满意足了。当我看到忒修斯时,我希望能看到他发起挑战,或者至少能够骑马参加战车比赛;但忒修斯并没有等待比赛;无论他是站着、走路、坐着,还是做任何他可以做的事情,他都可以征服自己。"人通常是事件的衬托,只有一半依附于他所生活的世界,这就很尴尬,在这些例子中,他似乎分享了事物的生命,这便是控制潮汐、太阳、数字和数量的相同法则的一种展现。

但是,为了用一个更温和而实际的例子,讲得更加全面周到,我观察到在我们的政治选举中,如果这一因素出现的话,它只能以最粗糙的形式出现,我们就会充分理解其无与伦比的速度。人们知道,他们需要的不仅仅是他们的代表身上所具备的才华,也就是他们需要使他的才华得到信任的力量。如果他不是这样一个人,他还未被人民任命去代表他们,那么他们就不能通过向国会派遣一位博学、敏锐和流利的演讲者来达到目的。这样,那些最自信和最暴力的人知道这里有厚颜无耻和恐怖都无法攻克的抵抗力,即对事实的信念。那些在辩论过程中秉持自己观点的人不需要询问选民他们应该说些什么,他们自己就是他们所代表的地区;地区的情感或观点没有任何地方像他们那样即时和真实;在哪里都没有那样的纯净,绝不触碰别人所灌输的自私观念。家里的选民倾听着他们的言语,观察着他们脸颊的颜色,在那里就像对着镜子装饰自己的外貌。我们的公众集会是对男子气概的有力考验。我们西部和南部那些坦率的同胞对性格饶有兴趣,他们想知道新英格兰人不仅是一种身强力壮的人,还是一种摧枯拉朽的人。

同样的动力也出现在贸易中。在贸易、战争、国家或文学之中都有天才的身影;至于这个人或那个人幸运的原因,我们不得而知。道理就在这个人身上;这是所有人都能告诉你的。看到他,你就会很容易地知道他为什么成功,就像看到拿破仑,你就会很容易理解他的命运一样。在新事物中,我们通过别人的感知认识到旧游戏,那种正视事实的习惯。当你看到天生的商人时,你会感觉大自然似乎授权了交易,因为与其说他是一个私人代理人,倒不如说他是大自然的经纪人和商业部长。他天生的正直与他的洞察力相结合,构成了社会组织,这使他蔑视偷奸耍滑,而且所有人传达了他自己的信念,即合同不由得私人进行解释。他的思想习惯就是自然公平的标准和公共利益的证明;他受到人们的尊重,人们也都希望与他打交道,这既是因为他身上所拥有的一种宁静的荣誉精神,也是因为他有如此强大的能力可以提供一种精神消遣。这一无限延伸的贸易,使南太平洋成为它的码头,大西洋则成为它熟悉的港口,仅仅集中于他的脑海之中;世界上没有人能给他提供更好的位置。在他的客厅里,我看得很清楚,他今天早上工作得十分辛苦,眉头紧绷,幽默稳重,这是他希望自己表现得温文尔雅而无法摆脱的。我清楚地看到他已经采取了多少坚定果断的行动;今天有多少人已经勇敢地说出了"不"字,而其他人则会说出具有毁灭性的"是"字。我看到了世界原始法则的代理人和玩伴的意识,他们具备艺术的尊严、精通算术的技巧和纵横捭阖的力量。他也相信没有人能替代他,一个人必须生来具备从事贸易的能力,否则他无法通过学习来完全掌握贸易能力。

  这种美德如果出现在目的不那么复杂的行动中,就更能吸引人们的注意。它在人数最少的同伴中和私人关系中开展的工作最具活力。在所有情况下,它都是一个与众不同、不可估量的因素。过度的体力会被它麻痹。崇高的天性通过一定的睡眠来抵制低级的天性。才能受到严苛的管束,所以失去了所有抵抗之力。也许这就是普遍规律。如果高处不能将低处抬高,那就使之失去活力,就像人类利用魔法降低低等动物的抵抗力。人们在彼此身上互相施加着一种相似的神秘力量。一个真正的大师的影响力通常会使所有的魔法故事显得真实确切!一条统摄之河似乎从他的眼睛流到所有看到他的人心中,一股强烈的悲伤之光就像俄亥俄州或多瑙河一样,把他的思想渗透给他们,用他的思想色彩沾染了所有事件。"你用了什么方法?"这是孔奇尼的妻子问出的有关她对待美第奇的玛丽的问题。答案是:"仅仅只是坚强的头脑对软弱的头脑的影响而已。"戴镣铐的恺撒难道不能把镣铐脱掉,然后把它们戴在监狱看守人希波或特拉索的身上吗?铁手铐是一种永不更改的纽带吗?假设几内亚海岸的一个奴隶贩子把一帮黑人带上船,其中图桑·卢弗图那样的人也在这艘船上,或者,让我们想象一下,他有一帮被锁链约束、戴着黝黑的面具的华盛顿人。当他们抵达古巴时,该船成员的相对秩序是否相同?除了绳子和镣铐之外什么都没有吗?难道没有爱,没有崇敬吗?难道在一个可怜的奴隶贩子的心里从来没有一丝正义之光吗?难道这些人不能打破镣铐、偷偷逃跑,或者以任何方式战胜一两寸铁环的张力吗?

这是一种自然的力量,就像光和热一样,整个大自然都与之合作。我们感觉到一个人的风范而没有感觉到另一个人的防范的原因就像引力一样简单。真理是存在的最高境界,正义是将其应用于具体事务之中。所有独立的自然现象,依照它们所具有的元素的纯度排列于一个等级之中。纯洁的意志从它们身上流淌到其他的自然现象,就像水从高处的容器流淌到低处的容器一样。这种自然力与任何其他自然力一样,都是无法抵御的。我们可以把一块石头往空中抛一小会儿,但所有的石头事实上最终都会永远掉下来。无论引用任何例子,诸如盗窃之人未受惩罚、谎言有人相信的例子，正义都必须占上风，真理有权使自己获得他人的信任。性格就是通过个体的自然的媒介看到的道德秩序。一个个体就是一个封闭体。时间和空间、自由和必然、真理和思想，都不再逍遥法外了。现在，宇宙就是一个围场或围子。所有的东西都存在于一个人身上，沾染着他心灵的气质。他以他内在的品质注入他所能企及的一切自然当中，他不希望自己迷失在浩瀚之中，但是，不管曲线有多长，他所有的关心最终都会变成他自己的利益。他激励了他力所能及所做的一切，但他只看到了只是自己激发起的东西。他把世界包围了起来，就像爱国者包围了他的国家一样，这就是他性格的物质基础，也是他演出的舞台。一个健康的心灵与正义、真理紧密团结在一起，就像磁铁与磁极结合起来一样。在所有的观看者看来，他就像他们和太阳之间的一个透明物体，谁朝着太阳前进，谁就朝着那个人前进。对于所有不在同一水平的人而言，他就是具有最高影响力的媒介。因此，有性格的人就是他们所属社会的良知。

这种力量的自然衡量标准就是环境抵抗力。不纯的人认为生命反映在意见、事件和人物的身上。在行动完成之前，他们无法看到行动本身。然而，行动的道德元素预先存在于行动者身上，它的好坏非常容易预测。自然界中的一切都是两极的，抑或是有一个正极和一个负极。有男性和女性，有精神和事实，有南方和北方。精神是正极，事件是负极。意志是北极，行动是南极。性格的天然位置可以认为是在北方。它具备这个系统的磁电流。软弱的心灵被吸引到南极或负极。他们关注行动的利与弊。他们从来不考虑原则，直到它被接纳在一个人身上。他们不希望可爱，但却希望被爱。有性格的人喜欢听到他们自身的缺点；另一类性格的人不喜欢听到自身的缺陷，他们崇拜事件，牢牢把握一个事实、一种联系、一系列的特定情景,就别无他求了。英雄看到事件是附属物,它必须跟从他。一个给定的事件秩序没有能力来确保他获得想象所赋予的那种满足感;善良的心灵逃离任何环境;而成功则归属于某一个心灵,它希望把作为其天然成果的力量和胜利引入任何事件的序列。环境的改变不能弥补性格的缺陷。我们宣称自己摆脱了许多迷信;但如果我们破坏了任何偶像,那个仅仅只是偶像崇拜的转移罢了。如果我听到舆论,或者是我们所说的公众舆论,我会感到极为震惊;抑或是受到攻击、伤害、恶邻、贫穷、残害、革命或谋杀的谣言而瑟瑟发抖。如果我发抖,我为什么会发抖呢?我们固有的恶习会根据人的性别、年龄或气质以某种形式显现出来,如果我们能感到恐惧,就会很容易发现恐怖。使我感到悲伤的是贪婪或恶意,当我把它归因于社会时,它就是我自己的。我总是把自己紧紧包围起来。另一方面,正直是一种永恒的胜利,庆祝它的不是喜悦的呐喊,而是平静,平静是一种固定的或习惯性的喜悦。为了确认我们的真理和价值而拥向事件是可耻的。资本家并不是每时每刻都跑到经纪人那里,把他的优势转化为流通的国家货币,他很满意地从市场行情中得知他的股票上涨了。最好的事件以最好的秩序发生时,我也会感到忍俊不禁,我的地位每时每刻都在改善,并且已经掌握了我想要的那些事件,所以我必须学会品味更纯粹的感觉。这种欣喜只能被一系列如此优秀的事物的远见而抑制,这种远见极为高明,它可以将我们取得的所有成功变得黯淡无光。

　　性格展示给我的面貌是自给自足。我尊敬富有的人,所以我认为他不会孤独,不会贫穷,不会颠沛流离,不会忧心忡忡,不会成为一个求助者,而永远是一个赞助人,一个恩主和受福之人。性格具有中心性,它无法被取代或超越。一个人应该给我们一种群体感。社会是轻浮的,它把年华撕成了碎片,把它的谈话变成仪式和消遣。但是,如果我去见一个聪明的人,如果他给我一些小恩小惠,我会觉得自己遭到轻视;宁愿他坚定地站在自己的位置上,让我理解一下,这是否只是他的抵抗,我知道我遇到了一种全新积极的品质——对我们俩来说都备感兴奋。很明显,他不接受传统的观点和做法。这种不一致性将成为一种刺激和记忆,每个询问者首先必须处理掉他。不是战争的场所就没有真实性和有用性可言。我们家里回荡着欢声笑语以及具有个体性、批评性的流言蜚语,然而,这并没有什么用处。但是粗鲁且没有任何利用价值的人或许会成为社会的问题和威胁,社会不会悄悄地放过他,而是必须崇拜或憎恨他——所有各方都觉得与他有关,无论是意见领袖还是无名古怪之人——他都在帮助;他将美洲和欧洲置于错误的境地,并通过启发未经尝试和前所未知的事物,摧毁了那种认为"人类是一个玩偶,让我们吃吃喝喝,这是我们可以做得最好的事情"的怀疑论。默许当前的建制并积极呼吁公众,这都表明信仰不坚定,头脑不清楚,这种头脑必须先看到房子已经盖好,方能理解它的设计原理。聪明的人不仅不考虑绝大多数事情,也不会去考虑少数事情。源泉,自我感动的人,得到同化的人,指挥官,被其他人统领的人,值得信赖的人,主要的人——他们都是好样的,因为这些宣布了至高无上力量的即时存在。

　　我们的行动应该严谨地取决于我们的物质。在大自然里不存在虚假估值。一磅水在海洋风暴中的重力并不比在盛夏池塘中的重力大。一切事物都是根据其质和量发挥作用,不去做它们做不到的事情,除了人之外。人总是自命不凡,他希望并尝试超越自己力量的事情。我在一本英国人撰写的回忆录中读到:"福克斯先生(后来的荷兰勋爵)说,他一定拥有国库;他已经为国库服务够了,所以渴望拥有它。"色诺芬和他的万人军完全胜任他们尝试完成的任务,并且的确做到了;正因如此,没人怀疑这是一个无与伦比的宏大伟绩。然而,这一事实直到现在仍然是军事史上史无前例的高水准。许多人从那以后都曾尝试过,但都无法企及。任何行动的力量都只能建立在现实的基础上。没有一个建制社会比创建者更好。我认识一个和蔼可亲、成就卓越的人,他开展了实际的改革,但我从来没有在他身上找到他所奔赴的爱的事业。他凭小道消息和读过的书籍获得的理解来完成这项改革。他的所有行动都是试探性的,是一座被搬进田野里的城市,而且依旧是城市,没有新的事实,所以无法激起人们的热情。如果这个人身上潜藏着某种力量,一个令人生畏、未经证实的天才使他变得局促不安而行为尴尬,我们翘首以待。仅仅让知识分子看到的罪恶及其补救措施还是远远不够的。我们仍将推迟我们的存在,也不会占据我们所拥有的土地。它仅仅只是一种思想,而非是激励我们的精神,我们还没有做到这一点。

这些都是生命的属性,另一个特征是对不断成长的关注。人们应该变得聪明而认真。他们还必须让我们感到,他们面前有一个可控的幸福的未来,它将耀眼的曙光照在正在流逝的时刻上。英雄总会遭到误解和扭曲,因此,他迫不及待地要揭露任何人的错误。他再次踏上了他的道路,为他的领域增加新的力量与荣耀,对你的内心提出新要求,如果你徘徊于旧事物,没有通过增加财富来保持与他的关系,这将使你破产。新的行动只是旧行动的辩解,这是贵族唯一可以提供或接受的。如果你的朋友令你不悦,你不应该坐下来考虑这件事,因为他已经把有关经历的所有记忆都忘记了,并且加倍提升了他的力量来为你服务,在你能够再次站起来之前,他会给你带来祝福。

我们不喜欢思考一种仅以其作品来衡量的仁爱。爱是取之不尽的,如果它的财产被浪费了,它的粮仓被清空了,它依旧使你欢呼满足,而这个人尽管在睡觉,但他似乎净化了空气,他的房子似乎可以装饰景观,强化法则。人们总是可以认识到这种差异。我们知道谁是仁慈的,除了看他给救济团体的捐赠数量之外,还有其他认识的方式。可以列举的只是一些微不足道的功绩。当你的朋友对你说你做得很好,并把你做的事情说清楚时,你会感到害怕;但是,当他们站着的时候表露出畏怯的目光,其中包含着一半尊重与一半厌恶,并且必须在未来几年内保留他们的判断,你可能会开始抱有希望。对于那些活在当下的人而言,那些活在未来的人总是显得自私。因此,这种人就是里默尔文章里边的跳梁小丑。里默尔写过歌德的回忆录,里边列举了里默尔的捐款和善行清单,斯蒂林得到了多少塔勒,黑格尔和蒂施拜因分别得到了多少,福斯教授找到了一个有利可图的职位,赫德尔在大公爵手下得到了一个职位,迈尔取得了一笔养老金,两位教授被推荐到国外大学,这样的例子比比皆是。最长的救济金明细清单看起来很短。如果要这样衡量一个人,他就是一个可怜人。因为所有这些当然都是例外,一个好人的规则和世俗生活就是行善。歌德真正的慈善行为可从他给埃克曼博士的关于他如何花钱的描述中推断出来。"我的每一句箴言都值一袋金子。五十万是我自己拥有的钱,我继承的财富、我的薪水和五十年前从我的著作中获得的大笔收入,五十万都花在我现在所知道的东西上面。我还见过……"

我承认,去列举这种简单而迅速的力量的特点只是闲谈与八卦罢了,这就等于我们用木炭画闪电;但在这些漫长的夜晚和假期里,我喜欢这样安慰自己。除了这种力量本身以外,什么也不能复制它。一句发自内心的温暖言语使我备感充实。我得到指点便顺从了。在这生命之火面前,文学天才是多么冷酷!这些触摸唤醒了我沉重的心灵,它们还将刺破天性的黑暗的眼睛给予了我的双眸。我发现,我认为自己贫穷的地方,我在那里就是最富有的人,从而就会出现一种新的智力提升,再次受到某种新的性格表现的谴责。吸引和排斥奇怪交替!性格否定了理智,但却激发了理智;性格进入了思想,就这样被表现了出来,然后在道德价值闪烁的光芒面前感到羞耻难当。

性格是最高形式的自然。模仿它或与之抗争是徒劳无用的。对这种力量的些许抵抗、坚持和创造在某种程度上是可能的,因为它将会挫败所有的模仿。

这部杰作出色的地方在于没有任何人插手,只有大自然插手。小心,命中注定大有作为的人会在阴影中溜进生活,没有千眼的雅典可以观察并谈论年轻天才的每一个新思想和每一种令人脸红的情感。最近有两个人给了我思考的机会。当我探索他们神圣的来源与关于想象的来源时,似乎每一个都在回答:"来自我的不顺从,我从来不听你们这些人的律法,或他们所说的信条,来浪费我的时间。我满足于我自己的粗陋贫穷,因此满足于这种甜蜜;我的工作从来没有提醒过你去思考那种情况——与那种情况毫无瓜葛。"大自然在那种人的身上向我宣传:在民主的美国,她不会被民主化。同市场和丑闻与世隔绝!直到今天早上,我才把这些木神的一些野花送走。它们是从文学中解脱出来的——这些新鲜的灵感从思想和情感的源泉之中迸发而来;正如我们在一个崇尚优雅和批评的时代所读到的一个民族的最初的书面散文和诗歌。无论是埃斯库罗斯、但丁、莎士比亚还是司各特,他们对自己最喜欢的书的狂热追求是多么迷人,因为他们觉得自己与这本书有利害关系;谁触碰了那本书,谁就相当于触碰了他们——尤其是触碰了批评家的完全孤独,他写作所依赖的灵感源自帕特莫思岛,因为他完全没有意识到会有人去阅读这种著作。难道他们还能像天使一样静静地做梦,不被别人拿来比较,不受人奉承吗?然而,有些天性太好了,以至于不会因赞扬而被宠坏,思想的脉络延伸到哪里,哪里就不会存在虚荣的危险。严肃的朋友们会警告他们,自吹自擂的声响会使他们晕头转向,但他们一笑置之。"我的朋友,一个人既不能受到赞扬,也不能受到侮辱。"但是原谅那些劝告吧,它们都是理所当然的。我记得当某些大智若愚的外国人来到美国时,我想提出的第一个问题是:"你被带到这里来是不是感觉上当了呢?"或者,在此之前,请回答我的问题:"你会上当吗?"

正如我所说的那样,大自然将这些主权掌握在自己手中,无论我们的布道和纪律如何恰当地分配一些信用份额,并通过宣布法律塑造公民,大自然往往会依然故我,把最聪明的人置于错误的深渊。她非常轻视信条和先知,就像一个人还可以生育更好的子女,但却是一个没有多余时间留给任何孩子的人。有一类人,他们中的每个人会每隔很长一段时间才出现,他们被赋予了卓越的洞见和美德,因此人们一致地把他们奉为神圣,他们似乎是我们所认为的那种力量的集合体。神圣的任务是天生的性格,或者借用拿破仑的一句话,他们是有组织的胜利。人民往往对他们怀有恶意,因为他们是新奇的,因为他们注定要夸大最后一个神圣人物的人格。大自然从来不会使她的孩子同声相应,同气相求,也从来不会给她的孩子塑造相似的身形。当我们看到一个伟人时,我们想象到他与某个历史人物相似,并预言他的性格和命运的结局,他肯定会得到不尽人意的结果。根据我们的偏见,没有人能解决自己的性格问题,除非以自己前所未有的方式。性格需要空间,不能挤满人群,也不得根据新闻报道中的一瞥或少数情况进行判断。如同一座宏伟的建筑,它需要愿景。它可能不会迅速形成关系,我们也不应该要求对其行为进行草率的解释,无论是对大众道德标准的解释,还是对我们自己道德标准的解释。

我把雕塑视为历史。我不认为阿波罗和乔武不可能成为有血有肉的形象。艺术家在石头上记录下的每一个特征,这些都是他在生活中看到的,而且比他模仿的要好。我们见过许多假冒品,但我们天生相信伟人。当人还很少的时候,我们是多么容易在古书中读到先辈们最渺小的行为。我们要求一个人在风景中应该显得高高大大,如同圆柱一般,以至于他站起来,准备行动,然后获得成功,这些都值得记录下来。最可信的图片就是那些威严的人处于上风,他们使人心服口服,就像被派去测试塞尔图什特或琐罗亚斯德的功德的东方魔法师所面临的问题一样。波斯人告诉我们,当尤那尼圣人到达巴尔赫时,古什塔斯普指定了一天,每个国家的领袖都聚集在一起,并为尤那尼圣人放置了一把金色的椅子。尤那尼智者见到领袖之后说道:"这种形态和样貌说不了谎,从那里只能得出真理。"如果我不能相信历史上最好的事情,我会觉得自己与同事之间格格不入。弥尔顿说:"约翰·布拉德肖看起来像一个执政官,这种印象不会随着年份而离开他;因此,不仅在法庭上,而且在他的一生当中,你都会认为他是在审判国王。"我发现,正如中国人所说,一个人应该认识世界,比那么多人应该了解世界更加可信,因为这便是一个先知先觉。"君子质诸神而无疑,百世以俟圣人而不惑。质诸鬼神而无疑,知天也。百世以俟圣人而不惑,知人也。是故君子动而世为天下道。"但没有必要去寻找远古的例子。他是一个反应迟钝的观察者,他的经验没有教会他魔法的真实性和力量性,就像也没有教会他化学一样。最冷静的墨守成规的人出门时,往往也会受到一些莫名其妙的影响。一个人仅仅盯着他,记忆的坟墓里埋葬着它们的死者,无论是保守秘密还是泄露秘密,都会使他把处境悲惨的秘密泄露出来;另一个人,他不能说话,他身上的骨头似乎失去了软骨,朋友的到来为他增添了优雅、大胆和雄辩;还有一些人,他别无他选,唯有牢记心中,因为他们把一个超越的拓展给了他的思想,在他的怀里点燃了另一个生命。

当这种严格的友好关系从这种根深蒂固的根源里生长出来时,还有什么东西像它们那般美好呢?对于怀疑人的力量和内涵的怀疑论者来说,对它们的充分回答在于与人快乐交往的可能性之中,这使所有理性的人都有了信仰和实践。我所知道的生活中最令人满意的莫过于在两个品格高尚的人之间进行了大量的斡旋交流后所能产生的深刻美好的理解,他们每个人都对自己和朋友充满信心。这是一种幸福,这种幸福把其他的满足都置于次要地位……因为当人们按照他们应该相遇的方式见面时,每一个人都是恩人,都是名人,有思想、有行动和有才能,这应该就是万物宣布的大自然节日。男女之爱则是这种友谊的首要象征,就像所有其他事物都是爱的象征一样。那些与最优秀的人的关系,我们曾经相信它们就是青年时期的浪漫故事,随着性格的发展,却成了最坚实的快乐。

如果有可能与人们在生活中保持正当的关系,这该有多好啊!——如果我们能够避免向他们索要任何东西,不向他们索要赞扬、帮助或同情,并满足于通过最古老法律的优势来迫使他们,这该有多好啊!难道我们不能按照不成文法与几个人打交道——与一个人打交道,并对其效力进行一次实验吗?难道我们不能用真理、沉默和宽容来赞美我们的朋友吗?难道我们需要如此急切地追寻他吗?如果我们有缘,我们定会见面。

朋友也遵循神圣的必然法则,他们相互吸引,并非相斥,倘若彼此回避,那便是彼此最大的享受。

他们的关系不是建立起来的,而是被允许的。如果不辞辛劳,如果让朋友们前行一公里才能见面,社会就会被宠坏。如果不是社会,那就成为一种无益、低俗、有辱人格的刺耳声音,尽管它由最好的人组成。每个人的伟大都无法发挥,每个人的缺点都被保留了下来,就像奥林匹斯山上的众神见面竟然会交换鼻烟盒一样。

生活在草率中悄然度过。我们追逐一些飘忽不定的计划,或者我们被身后的恐惧或命令紧追不舍。但是如果我们突然遇到一个朋友,我们会停下来,我们的火急火燎和匆匆忙忙看起来已经非常愚蠢了,现在需要的则是暂停和镇定,还有通过内心壮大时机的力量。在所有的崇高关系中,时机便是一切。

一个神圣之人就是思想的预言;一个朋友就是心灵的希望。我们的幸福等待着这二者合一的实现。时代正在开启这种道德力量。所有的力量都是它的影子或象征。诗歌是快乐而强烈的,因为它从那里汲取了灵感。人们在这个世界上写下了他们的名字,因为他们充满了这种力量。总有一天,我们会看到,最大的隐私就是最公共的力量,质量弥补了数量,性格的光辉在黑暗中行动,并帮助那些从未见过它的人。在这方面,已经显现的伟大正是对我们的鼓舞。各个时代都为这样的青年所具有的风度而欢欣鼓舞,它不会将任何事情的发生归咎于命运,他在自己国家的刑场上被绞死,他以其纯粹的本性,围绕着他的死亡事实散发出史诗般的光辉,对于人们的眼睛而言,这耀眼的光辉将每一个细节都变成了普遍象征。这次大败是我们迄今为止的最大事实。但是思想需要感官的胜利,以及使法官、陪审团、士兵和国王改变性格的力量,它将统领动物和矿物的优势,并与体液、河流、风、星辰和道德因素相融合。

如果我们不能达到这些崇高的境界，至少让我们向他们致敬吧。在社会上，重要的优势被认为是所有者的劣势。这需要我们在个人评估中更加谨慎。我不能原谅我的朋友们没有了解一个良好的性格，没有对其表示感激并热情款待。要知道，在我们所珍视的神圣情感的广袤沙漠之中，无论在哪里，它都会为我绽放吗？如果没有人看到这朵花，但是我也看到了；如果只有我一个人看到了，我依然能够意识到这一事实的伟大。正是因为这位客人的光临，我们的天性才得以充分彰显。有许多眼睛可以察觉和尊重那种审慎的家庭美德，有很多人可以在他的星光大道上发现天才，尽管暴徒无法做到；但是，当那充满痛苦、禁欲和抱负的爱走进我们的街道和房屋时，它向自己发誓，它宁可成为这个世界上的一个可怜虫，或是一个傻瓜，也不愿用任何顺从玷污它那苍白的双手——只有纯洁和有抱负的人才知道它的面目，他们唯一能给予它的赞美就是拥有它。

礼　　貌

据说,一半的世界不知道另一半的世界如何生活。古尔诺(古底比斯以西的地方)现代居民的日常家务打理存在很大的缺陷。他们要料理家务,但他们什么都不需要,只需要两到三个陶罐、一块磨粉的石头和一张当床的垫子就足够了。这座房子就是一座坟墓,已经准备好了,没有任何租金或税费。雨水再大也不会穿透屋顶,这个房子也没有门,因为并不需要门,因为没有什么东西值得被偷。如果这所房子并不能让他们感到满意,他们就会走出去,进入另一所房子,因为这里的数百所房子都属于他们,并可以由他们随意使用。贝尔佐尼曾经这样说道:"那些人生活在坟墓之中,四周都是他们一无所知的古老民族的尸身残骸,跟这些人谈论幸福会感到有点儿奇怪。"在博尔古大沙漠中,岩石中的提布人仍然居住在洞穴中,就像寄住于悬崖之上的燕子一样,同样,婆罗家族没有专门的名称,称呼个体需要根据其身高、体型或其他相关特征,充其量只是一个昵称而已。但是,很多外族人进入这些可怕的地区,寻找食盐、枣、象牙和黄金,这些东西进入了许多国家。在这些国家里,购买者和消费者很难与食人族和盗人者归属于同一种族;人们用金属、木材、石头、玻璃、橡胶、棉花、丝绸和羊毛服务于自己的国家,用建筑为自己增加荣耀;他们制定法律,并设法通过许多民族之手来执行他们的意志;特别是建立了一个精英社会,在那里到处都是仁人志士,那是一个自立的贵族,或是精英人士组成的兄弟联谊会,这种社会没有成文法律或任何形式的严苛惯例,但却能使自己万年长存,它将每一个新移民的岛屿变为自己的殖民地,并把任何地方采用和创造的个人之美或非凡的本土禀赋占为己有。

在现代历史上,还有什么事情比绅士的创造更引人注目呢?骑士精神就是这样,忠诚就是这样。在英国文学中,一半的戏剧和所有的小说,从菲利普·锡德尼爵士到沃尔特·斯科特爵士,都描绘了这类人物形象。"绅士"这个词,因为人们的重视,所以在以后就成了现在和前几个世纪的特点,成为对个人的难以言状的特征的敬意。虽然这个名称与轻浮和奇妙的称号有关,但人类对它表现出来的一成不变的兴趣必须归因于它具有它所指定的那些宝贵属性。有一种因素将每个国家所有最有影响力的人团结在一起,使他们彼此易于理解和接受,并且极为精确。这似乎是某种永久性的平均值,正像空气是一种具有永久性的混合成分,而如此多的气体结合在一起只是为了分解。"最好的"是法国人对上流社会的描述:我们必须这样。它是才智和情感的自然结晶,恰恰是这个阶级的才智和情感。这个阶级最有活力,在当今这个世界上处于领导地位,虽然远非纯洁,远非构成人类情感的最愉快和最崇高的风气,但它却像整个社会所允许的那样美好。它是由人的精神组成的,而不是由人的才能组成的,它是一种混合的结果,每一种强大的力量,如美德、智慧、美丽、财富和权力,都作为一种成分被添加到其中。

在所有用来表达礼貌和社会修养的词语中,都存在一些模棱两可的地方,因为数量具有变动性,最后的结果却被视作是原因。"绅士"一词在表达其品质的时候没有任何相关的抽象概念。"温文尔雅"过于卑鄙,"温厚朴实"归于陈旧。但是,我们必须在白话文中把"时尚"(一个含义狭窄且往往险恶的词)与绅士所表示的英雄性格之间的区别指出来。然而,必须尊重常用的措辞,人们将会发现它们包含了问题的根源。

所有诸如礼貌、骑士精神、时尚等这类名称,其区别在于,它们指花和果实,而不是树的纹理。这一次的目标是美丽,而非价值。现在结果出现了问题,尽管我们的话语十分贴切地表达了公众的感觉,即现象是一种本质。绅士是一个诚实守信的人,是他自己行为的主宰,并在他的行为中表现出这种主宰力,而不是以任何方式依赖和屈从于他人的观点或财产。除了真理和真正的力量之外,绅士这个词还表示善良或仁爱:首先有男子气概,然后才有温柔。流行的概念当然还有一种安逸而幸运的条件,但这是个人力量和爱的自然结果,因为他们应该拥有和分配世界上的财产。在暴力的时代,每一位知名人士都一定会有很多机会来展示他的坚强和价值。因此,在封建时代,从群众之中盛传的每个知名人士的名字,在我们的耳边都如雷贯耳。但个人力量永远不会过时,这在今天仍然是至关重要的,在上层社会的活动人群中,勇敢和现实的人是众所周知的,并上升到他们的自然地位。竞争从战争转移到政治和贸易,但在这些新的领域,个人力量仍然得以及时显现。

权力置于首位,否则就没有领导阶级。在政治和贸易中,打手和海盗比空谈者和实干家更有前途。各种各样的绅士都在敲门,但无论何时在严格意义上使用和强调这个名字,人们就会发现这个名字都会指向创造能力。它描述了一个自食其力的人,按照未经教育的方法工作。在一个好的贵族身上,首先必须有一个好动物,至少在一定程度上产生了动物精神的无可比拟的优势。统治阶级必须拥有更多的东西,但他们必须拥有这些东西,每次在相处的过程中都会给人一种权力感,这使得做一些令智者望而却步的事情变得非常容易。精力充沛的社会阶层,在他们友好而喜庆的聚会中表现得胆识过人,摩拳擦掌,这使得文弱书生们望而却步。女孩们表现出的勇气就像一场隆狄巷之战,或是一场海战。智力依靠记忆来制造一些供应品,以应对这些临时的队伍。但是,在这些突如其来的大师面前,记忆只是一个提着篮子、戴着徽章的卑鄙乞丐而已。社会的统治者一定可以胜任全世界的工作,并胜任他们的各种各样的职位:他们一定是恺撒那样的人,有着广泛的亲和力。我决不相信福克兰勋爵那句怯懦的格言("参加仪式必须要有两个人,因为一个勇敢的人会经历最琐碎的形式"),我认为绅士是勇敢的人,他的礼仪是不可突破的。只有丰满的本性才是真正强大的人,因为本性是它与之交谈的任何人的补充。我的绅士在哪里就给哪里施以号令,他在战场上胜过身经百战的军人,在大厅里演讲使一切变得黯淡无光。他能与海盗成为好伙伴,与学者相处融洽。因此,你自己要对抗他是没有用的,他拥有通往所有思想的入口,我可以像排除他一样轻松地排除自己。亚洲和欧洲的著名绅士就是这样一类人,萨拉丁、萨波尔、熙德、裘力斯·恺撒、西庇阿、亚历山大、伯里克利这类最高贵的人物便是典型例证。他们无所用心地坐在椅子上,而且他们自己本身就出类拔萃,无须对任何情况做出过高的估量。

根据流行的判断,要想成为这个精于世故的人,一笔丰厚的财富是非常必要的;它只是初次编排的主角所领导的一个物质代理人。金钱不是必不可少的,但这种广泛的亲和力是必不可少的,它超越了派系和等级的习惯,让所有阶级的人都能感觉到。如果贵族只在上层社会至关重要,对劳动者并没有任何的作用,他将永远不会成为时尚领袖;如果这位人中龙凤不能与绅士平等地说话,使绅士意识到他已经真正符合绅士自己的秩序,那么别人就不必害怕他。第欧根尼、苏格拉底和伊巴密农达是最为优秀的绅士,他们选择了贫穷的境遇,而财富的状况对他们来说同样可以得到。我利用这些古人的名字,但我说的人正是我的同时代人。财富不会为每一代人都提供这样一个装备精良的骑士,但每一批人都提供了这个阶级的榜样。这个国家的政治、每个城镇的贸易,都是由这些冥顽不灵和不负责任的实干家控制的,他们拥有发明者的创造力,有着广泛的同情心,这使他们与群众建立友谊,并使他们的行动受到欢迎。

这一阶层的风度受到颇具品位的人的着重关注。这些大师之间的联系,以及与那些理解他们优势的人之间保持紧密联系,是可以相互认同、彼此激励的。每个人良好的言谈举止以及最恰当的表达方式都得到了重复和采用。人们迅速达成一致,一切多余的东西都被丢弃了,一切优雅的东西都被更新了。优良的举止对未经教养的人来说是极其可怕的。它们是一门可以用来躲避恐吓的精密防御科学,但是一旦与另一方的技能相抗衡,他们便会放下手中的刀剑——攻击与防御能力都消失了,年轻人发现自己处于一种更加透明的氛围中。在这种氛围里,人生是一种不那么麻烦的游戏,玩家之间不会产生误解。礼貌是为了促进生活,摆脱障碍,使纯洁的人充满活力。它们有利于我们进行交易和对话,就像铁路有利于旅行一样,因为它摆脱了所有可以避免的道路障碍,除了纯洁的空间之外,便再也没有什么可以征服的东西了。这些形式很快就固定下来了,一种良好的礼仪感会随着人们对它的重视而得以培养,成为一种区别于社会和公民的标志。风尚就是这样逐渐形成的。这是一种模棱两可的外表,最强悍、最荒诞、最轻浮、最令人恐惧、最严格追随,道德和暴力都攻击它,但都是徒劳的。

权力等级与具有排他性、抛光性的社交圈层之间存在着严格的关系。后者往往会从前者得到补充。那些强大的人通常会对时尚的失礼给予一些宽容,因为他们在时尚之中发现了亲和力。拿破仑作为革命之子、旧贵族的破坏者,他从未停止过对圣热尔曼区的追求。毫无疑问,他持有这样一种感觉,时尚是对他心目中的那种人的致敬方式。时尚代表了所有人的美德,虽然是以一种奇怪的方式表现。它依然是一种凋谢的美德:它是一种死后的荣誉。它不常抚摸伟人,但抚摸伟人的后代:它是一座历史的殿堂。它通常对当代伟人怒目而视。伟人一般不会出现在厅堂之中,他们往往出现在战场上:他们在工作,而不是取得胜利。时尚是由他们的子孙后代组成的,这些人通过某个名人的价值和美德,为他们自己的名字增添光彩,取得了别致的印象,具备了修养以及慷慨的手段,他们的身体组织也具有了某种健康和卓越,这就使他们获得了权力,即使这并不是至高无上的工作权力。权力阶级,这些行动的英雄,科尔特斯、纳尔逊、拿破仑,他们都认为这就是他们这些人值得庆祝的节日和永久的庆典;他们看到时尚是由天才资助的,是被打得稀薄的墨西哥、马伦戈和特拉法尔加;他们看到时尚界那些响彻云霄的名字都可以追溯到五六十年前他们自己的名字。他们是播种者,他们的子孙是收割者,他们的子孙在正常情况下,必须以敏锐的眼光和强健的体格将收获的占有权拱手让给眼光更敏锐、体格更强健的竞争对手。城市从农村获得补充。若不是从田野中得到加强,这些城市在很久以前就会消亡、腐烂和爆炸。今天的城市和宫殿只不过是前天从乡村变成的城市而已。

贵族和时尚都是某些必然的结果。这些相互选择是牢不可破的。如果他们在最不受欢迎的阶层当中激起愤怒,那么受到排斥的大多数人用强硬的手段报复那些排斥他人的少数人,并会杀死他们,那么一个新的阶级立刻就会发现自己处于顶部位置,就像一碗牛奶上面一定会有一层奶油升起一样:如果人们摧毁了一个又一个阶级,直到最后只剩下两个人,那么其中一个人将会是领导者,另一个人会不由自主地服务并模仿这位领导者。你可以对这少数人视而不见,也不把他们放在心上,但他们具有顽强的生命力,是社会等级的一部分。当我看到他们的工作时,我更为这种坚韧的精神所打动。他们尊重对这些不重要事项的管理,以至于我们不会在他们的规则中寻求任何持久性。我们有时会遇到一些受到某种强烈道德影响的人,例如受到一场爱国主义运动、一场文学运动的影响,我们感到道德情操操纵着人和自然。我们认为所有其他的区别和联系都将是微不足道的,例如等级或时尚的区别和联系;然而,我们年复一年地看到,它在波士顿或纽约这里的人中间是多么持久,在那里,它也丝毫不受这片土地上的法律支持。在埃及或印度也没有更坚定或更不可逾越的界线。这里有各种各样的协会,它们与少数人之间有着千丝万缕的联系,比如一个商会、一个兵团、一个大学的班级、一个专业协会、一个政治团体——这些人似乎关系亲密;然而,一旦这样的集会解散,其成员在今后的日子里将再也不会见面。每个人都会回到上流阶级属于自己的位置上,瓷器仍然是瓷器,陶器依旧是陶器。时尚的目的可能是轻浮的,也可能是漫无目的的,但这种联合和选择的性质既不是轻浮的,也不是偶然的。每个人在那种完美等级中的地位取决于其结构的某种对称性,或其结构与社会对称的某种一致性。时尚的大门瞬间会为它们自己的自然主张打开。一个天生的绅士找到了自己进去的路,并将把失去固有地位的最年长的贵族挤出门外。时尚了解自己,任何国家的良好教养和个人优越感都很容易与其他国家的良好教养和个人优越感建立起友好关系。野蛮部落的首领在伦敦和巴黎因其仪态纯洁而出名。

要说时尚有什么好处,它取决于现实,最痛恨的莫过于伪装之人,排斥、迷惑伪装之人,与他们永远形同陌路,这是它的乐趣。我们反过来蔑视世界上所有其他人的每一种天赋;然而,即使是在最微小琐碎和无足轻重的事情上,除了我们自己的礼仪感之外,这种习惯也不会吸引任何人,这是所有骑士精神的基础。几乎每一种自力更生的精神,无论它是如何理智和匀称,时尚也只会偶尔采用,并给予它组织沙龙的自由。一个圣洁的心灵总是优雅的,如果它愿意的话,就会畅通无碍地进入戒备最为森严的圈子。但是,乔克也会在一些危机中顺利通过,把他带到那里,并得到青睐,只要他不会因为新的情况而头晕目眩,只要铁鞋不希望跳华尔兹和小夜曲就行。因为没有什么是固定的表现形式,行为的规矩就要屈服于个人的能量。第一次参加舞会的少女,在城市参加晚宴的乡下人,都相信有一种仪式,每一个行为和赞美都以这种仪式为根据,否则不合格的参与者必须被赶出现场。后来,他们了解到,良好的见识与性格每时每刻都会形成自己的言行举止,无论去留、喝酒或拒绝,逗留或离开,坐在椅子上或与孩子们摊开四肢躺在地板上,或头朝下倒立,或以一种全新而原始的方式做其他任何事情;而那种坚强的意志总是时髦的,谁不想时髦那就随他吧。时尚所需要的是睿智沉着。一群有教养的人将是一群明智的人。在那个圈子当中,每个人所具有的天生风度和性格都全然展现。如果时尚达人没有这种品质,那么他就无足挂齿。我们是这样自助的爱好者,如果一个人愿意让我们看到他对自己所处的地位表现得十分满意,我们便会原谅他犯下的诸多罪过,而他的地位不需要我的许可,也不需要其他任何人的认可。但是,对世界上某位杰出的男人或女人表示任何尊重,都会丧失贵族的所有特权。他是一个下属:我与他无关,我要和他的主人谈一谈。一个人不应该去他不能带着他的整个世界或社会一同前去的地方——并不是要他的所有朋友都一起前往,而是要把他们营造的气氛带去。在新的伙伴中,他应该保持他的日常朋友吸引他的那种心态和现实的关系,否则他的内心就会变得黯淡无光,在最快乐的俱乐部里将会成为一个孤儿。"如果你能看到维奇·伊恩·沃尔带着尾巴就好了!""但是维奇·伊恩·沃尔总是以某种方式带着他的附属物,如果不是作为荣誉被添加到上边,那么就是作为耻辱被切割下来了。"

在社会上,总会有一些人对社会的认同感很高,他们的目光会在任何时候都为好奇的人决定他们在这个世界上的地位。他们的职责非常明确,他们自己并没有什么优点,他们也不可能显得如此强大。但是,不要通过这个阶级的自命不凡来衡量他们的重要性,也不要想象一个纨绔子弟就可以成为荣誉和羞耻的分发者。他们以他们自己正当的等级出现;那些圈子类似于一种筛选新歌的办公室,在那些圈子里边,他们怎么会有其他方法呢?

因为人对人的第一要求就是现实,所以现实就存在于社会的各种形态之中。我们直截了当地点名介绍双方认识。在天地万物面前,你会认识到,这是安德鲁,这是格雷戈里,他们互相对视;他们紧紧握住对方的手,相互熟悉着并记住彼此显著的特征。这真是尽如人意。绅士从不躲躲闪闪,他的眼睛直视前方,首先,他向对方保证,见到的是他本人,而非别人。在这么频繁的探访和款待中,我们追求的是什么呢?是你的窗帘、图画和饰品吗?还要我们苦口婆心地问,房子里有人吗?我可以很容易地走进一个大家庭,那里物质丰盈,有舒适、奢侈和雅致的高端设施,但在那里我不会遇到任何服从这些附属物的主人。我可能会走进一间茅屋,发现一个农民,他觉得他就是我要找的那个人,于是站在我的面前看着我。因此,古老的封建礼节中很自然的一点是,一位受访的绅士,即使是他的君主到来,他也不应该离开自己的家,而应该在家门口迎接他的到来。即使是杜伊勒里宫或埃斯库里亚宫,如果里边没有主人,也会显得毫无价值。然而,我们并不经常对这种热情好客感到满意。我们所认识的每一个人都拥有一座漂亮的房子,拥有许多精美的书、温室、花园、装备和各种各样的玩具,这些东西如同屏障一样将他和客人隔开。这些人的天性难以捉摸,他最害怕的莫过于与同伴面对面地进行对峙,不是这样吗?我知道,取消使用这些屏障是非常残忍的,无论客人伟大抑或是渺小,这些屏幕都非常方便。我们召集了许多朋友,他们互相牵制,或者我们通过奢侈品和装饰品来逗年轻人开心,从而使我们顺利隐退。或者,如果有一个追求现实主义者来到我们的门口,我们不想站在他的面前,那么我们就跑到我们的屏障后边躲藏起来。拿破仑注意到了他们,很快就把他们拉拢过来。然而,反过来看,拿破仑尽管拥有八十万大军,但是不敢面对一双天生充满自由的眼睛,他用礼节把自己围在了三道防线之内;正如全世界都从德·斯塔尔夫人那里所知道的那样,当拿破仑发现自己被别人看到时,他习惯于表现得面无表情。但帝王和富人决不是最讲究的礼貌大师。无论是租借名单还是军队名单都不能使躲躲闪闪和遮遮掩掩显得英姿勃勃;礼貌的第一点必须始终是真诚,因为所有良好教养的外在形式都是如此。

我刚刚读了哈兹利特先生翻译的蒙田的意大利之旅,没有什么比当时的自尊时尚更令人赏心悦目的了。他来到每一个地方,由于是一位法国绅士的到来,因此就成了一件大事。无论他走到哪里,他都会拜访沿途居住的王子或绅士,在他看来这是他对自己和文明的责任。当他准备离开任何一座他已经住了几个星期的房子时,让人把他的纹章涂上油漆并挂起来,作为房子的永久标志,因为绅士们的习惯都是如此。

对于这种优雅的自尊以及所有良好教养的补充,我最需要和值得坚持的就是尊重。我希望每把椅子都可以成为一个王座,上边坐着一个国王。我更喜欢庄重的倾向,而不是过度亲密的友谊。让无法沟通的自然之物和形而上学的人类孤立教会我们独立之道,让我们彼此不要太熟悉。我会让一个人在进入他的房子之前先经过一个大厅,这里摆满了英雄和神圣的雕塑,他可能不希望拥有一丝宁静与自我平衡。我们每天早上见面,应该像从外国回来那样,在一起共度一日,晚上离开,就像又去外国一样。在万事万物之中,我希望拥有一座一个人的岛屿,在那里不受任何侵犯。不需要任何程度的感情来搅扰这种纯洁。这是迷药和迷迭香,能够使对方保持甜蜜。恋人之间应该保护自己的陌生感。如果他们原谅得太多,所有人都会陷入困惑和卑鄙之中。沉着冷静、镇定自若表示的是品质优良。一位绅士一声不吭;一位女士则恬静安然。那些侵略者为了获得一些微不足道的便利,把悉心装饰的房子搞得洋洋洒洒,我们对他们感到极为厌恶,这也是相称的。同样,我不喜欢每个人都对邻居的需要表现出一种低劣的同情。我们必须很好地了解彼此的口味吗?就像生活在一起很久的蠢人非常了解每个人什么时候想要盐或糖一样。我祈祷我的同伴,如果他想要面包,请他向我要面包,如果他想要黄樟或砒霜,也请他向我要即可,不要把他的盘子伸出来,就好像我已经知道了一样。每一项自然功能都可以通过深思熟虑和隐私维护而得到尊重。我们还是让奴隶去匆匆忙碌吧。无论多么遥远,我们的赞美和仪式都应该表示对我们辉煌命运的回忆。

礼貌之花不易驾驭,但是,如果我们敢于打开另一片花瓣,探索它的构成部分,我们也会发现一种智力特征。对于人类的领袖而言,大脑就像肌肉与心脏一样,必须提供一种折中。礼貌上的缺乏通常就是良好感知的缺乏。人的质地天生过于粗俗,不适合优雅的仪态和风俗。仅仅拥有良好的教养、善良和独立精神的结合还是远远不够的。在我们的同伴之中,我们迫切需要一种对美的感知和敬意。在野外和工作场所还需要一些其他的美德,但与我们同行的人之中,必然不能缺少某种品位。我宁愿和一个不尊重真理或法律的人一起用餐,也不愿和一个不修边幅、邋里邋遢的人一起用餐。道德品质统治着世界,但在短距离之内,感官拥有统治权。同样的对适切与公平的歧视,如果不那么严格的话,也会渗透到生活的各个方面。精力充沛的阶层的普遍精神就是理智,在某些限制下行事,从而达到某些目的。它具备每一种天赋。它的天赋就是善于交际,所以它尊重一切有助于人类团结的事物。它以适度为乐。对美的热爱主要是对分寸和调和的热爱。那种尖声怪叫、哗众取宠或威风凛凛的人会让整个客厅的人感到鸡犬不宁。如果你希望受到喜爱,那你就要热爱分寸。如果你想把缺乏分寸的情况隐藏,你必须有天赋或惊人的有用性。这种认知可以用来磨光和完善社会工具的各个部分。社会会宽恕天才和特殊天赋,但由于其本质是一种集会,所以它喜欢一切具有集会性质的东西,或属于共同的东西。这决定了礼貌的好坏,即促进或阻碍友谊的东西。因为时尚不是绝对的良知,而是相对的良知;不是私密的良知,而是娱乐相伴的良知。它痛恨性格的棱角和戾气,痛恨好斗、自负、孤独和忧郁的人,憎恨任何可能干扰各方全面融合的事物,但它重视所有令人焕然一新的特点,因为它们与良好的友谊相一致。除了普遍灌输智慧以提高文明程度之外,智能的直接光辉在良好的社会中永远是受欢迎的,因为这是它给社会的规则和信誉增添的最大光彩。

不加粉饰的光线必然会照射进来,以装饰我们的节日,但它必须经过调和和遮蔽,否则会显得过于刺目。一丝不苟对于美而言至关重要,敏锐的感知对于礼貌而言亦是至关重要的,但是过于敏锐也不可以。一个人可能极其准时而精确,当他走进美的宫殿时,他必须把无所不知的事物留在门口。社会喜欢克利奥尔人的天性和困倦憔悴的举止,因此它们遮掩了理智、优雅和善意;社会也喜欢一种使人昏昏欲睡的力量的神态,因为它可以消除批评;也许是因为这样的人似乎给自己留有余力,以便能参加最好的比赛,而不是在表面上消耗自己;社会还喜欢敷衍了事的眼睛,它看不到烦恼、变化和不便,而这些将敏感人群的眉头遮住,并扼杀了他们的声音。

  因此,除了个人力量和构成准确无误的品位的那种感知之外,社会还要求贵族阶级具有一种已经被暗示的元素,即它被意味深长地称为善良,表达各种程度的慷慨,从最低级的行动意愿和能力,到最高级的宽宏大量和爱心。我们必须要有洞察力,否则我们会互相冲突,在寻找食物的途中迷失方向,但智能是自私而贫瘠的。在社会上取得成功的秘诀就是拥有某种真诚和同情。一个人如果与他的同伴在一起时闷闷不乐,那么他无法在他的记忆中找到任何适合这个场合的词。他所有的信息都与此无关。如果一个人在那种场合里感到快乐,他便会在每一次的谈话中都能找到同样幸运的机会来介绍他要表述的思想。社会上最受喜爱的人,也就是被称为"完整心灵"的人,都是有能力的人,他们不仅仅富有智慧,更重要的是富有精神,他们没有令人感觉不适的自我主义,但他们确实使那段时间变得充实,也使身边的人备感充实,无论在婚礼或葬礼上,在舞会或陪审团中,还是在水上派对或射击比赛中,他们都心满意足。英国有很多绅士,在19世纪初,福克斯先生是全世界所喜爱的天才中的一个好榜样,他自己不仅拥有伟大的才能,他还具有与生俱来的交际能力,同时对他人表现出真挚的爱心。伯克和福克斯在下议院因意见无法达成一致而各持己见,议会历史上没有比这样的辩论更精彩的场景了。当福克斯以如此温柔的语气向他的老朋友力陈旧情时,整个议会都感动得流下了眼泪。另一件逸事与我的主题如此接近,我必须冒险地讲述一下这个故事。一个商人早就向他催讨了一张三百吉尼的期票,有一天他发现他在数金币,于是便要求他还钱。"不,"福克斯说,"这是我欠谢里丹的钱,这是一笔信用债务;如果我出了事故,他没有办法拿出任何凭据证明。""那好,"债权人说,"我把我的债务变成信用债务。"然后就把期票撕成了碎片。福克斯感谢此人对其所持的信任,并向他偿还了债务,说:"他的债务时间更久远,谢里登必须等一等。"他热爱自由,不仅是印度人的朋友,也是非洲奴隶的朋友,他个人很受欢迎。1805年,他在访问巴黎时,拿破仑曾谈到他:"福克斯先生将永远在杜伊勒里宫的集会上占据首位。"

每当我们坚持以仁爱作为礼貌的基础时,我们在颂扬礼貌时很容易显得可笑。时尚的幻觉便对我们所说的话投下了一种嘲笑。但是,我既不会否认时尚是一种具有象征性的制度,也不会怀疑爱是礼貌的基础。如果可以的话,我们必须做到这一点;但无论如何,我们必须肯定这一点。生活的本质在很大程度上得益于这些鲜明的对比。在所有人的经历中,时尚往往只是一种舞厅准则,它影响着荣誉感。然而,只要它处于最上层的圈子里,在这个圈子的精英人群的想象当中,它就有一些必要和优秀的东西。因为人们不会愿意被任何荒谬的事情所欺骗,而这些神秘的仪式在最粗鲁和粗野的人物身上激起的尊重,以及人们阅读上流生活细节时所表现出的好奇心,都显示了热爱文明礼貌的普遍性。我知道,如果我们进入公认的"上流社会",并将这些关于正义、美丽和利益的可怕标准应用于在那里实际发现的个人,我们就会感到滑稽的差异。这些时尚人士并不是君王与英雄、圣贤与情人。时尚被划分为很多层次,并且有很多关于试用和接受的规定,而不仅仅只有最好的一种。不仅有天才自认的征服权利——个人的最佳表现可以体现出与生俱来的贵族气质——而且也会着眼于当前去允准一些较小的要求。因为时尚喜欢的是名流人士,并像喀耳刻一样指向她那头角峥嵘的公司。这位先生是今天下午从丹麦来的;那位就是赖德勋爵,他昨天从巴格达特来;这是弗利斯船长,他来自特纳盖恩角;这位是赛姆斯船长,他来自地心;还有热瓦纳先生,今天早上乘气球降落;这位是改革家霍布莱尔先生……还有托瑞·德尔格雷科先生,他把那不勒斯湾的水注入维苏威火山,从而将维苏威火山扑灭;这位是波斯大使斯巴希;还有杜尔·威尔善,他是遭遇放逐的尼泊尔总督,他的坐骑是新月——但这些仅仅只是一天的怪物,第二天就会被放逐到他们的洞穴里。因为在这些地方,每个座位都虚位以待。艺术家、学者,并且一般而言,知识分子都是通过这种方式进入这些地方,并以征服为基础在这里得到表现。另一种方式就是体验所有的身份,在圣迈克尔广场度过整整一年,沉浸在科隆香水里,接受宴请,经人引荐,并适当地植根于所有传记、政治和闺房逸事等。

  然而,这些装饰可能蕴含着优雅和智慧。礼貌的各种形式普遍以最高的程度表达了仁爱。如果这些礼貌从自私自利之人的嘴里说出来,作为为自己谋求利益的手段,会怎样呢?如果虚伪的绅士几乎把真诚拱手相让,会怎样呢?如果这位虚伪的绅士故意以礼貌的方式与他的同伴讲话,并且不给其他人插话的机会,并使他们感到被排斥在外,那该怎么办?真正的服务不会失去它的高尚。詹金·格劳特爵士的墓志铭对当代人来说并非完全无法理解:"詹金·格劳特爵士长眠于此,他热爱他的朋友并说服了他的敌人:他的嘴吃了什么,他的手付出了什么:他的仆人偷了什么,他都逐一归还:如果一个女人给了他快乐,他痛苦地养活她:他永远不会忘记他的孩子;谁碰了他的手指,便会将他全身拖出。"即使是英雄也没有完全消失。码头上仍然有一些穿着质朴、令人钦佩的人,他们跳入水中去营救一个溺水的人;仍然有某个慈善事业的荒谬发明者,某个逃亡奴隶的向导和安慰者,某个波兰的朋友,某个支持希腊独立运动的人;还有年老后依然培植供后代乘凉,为后世结果的树木的良善之人;还有一些鲜为人知的虔诚,一些不为恶名所困且悠然自得的正义之人;还有一些对幸运的恩惠感到羞耻,并不耐烦地把它们转嫁他人的青年人。这些人都是社会的中坚力量,社会也将其作为一种全新的激励。他们就是时尚的创造者,而这样的时尚就是构成行为美的一种尝试。构成天生贵族的人并不存在于真正的贵族之中,或者仅仅与其存有微弱的关联;就像光谱的化学恰好在光谱之外最大。君主出现的时候,管家们并不认识他,这就是管家的弱点。社会理论的建构以这些人的存在和权威为基础。社会理论许久之前就预示了他们的到来。

因此,在上流社会圈子中,有一个范围更小、层次更高的圈子,它是光明的聚集之处,也是礼貌之花,对于它的内部和内廷,总是有一种自豪和参照的默契诉求,就像爱和骑士精神的议会对它的内廷所具有的那种诉求一样。这种会议由那些天生具有英雄气质、热爱美、热衷社交以及拥有美化当代的力量的人组成。如果那些组成欧洲最纯净的贵族圈子的人,即数百年来被守护的贵族血统的人接受审查,我们可以从容自如、极为挑剔地检查他们的行为方式,那么我们可能既发现不了绅士,也发现不了淑女;虽然礼貌和良好教养的优秀样本会使我们在总体上感到满意,但在细节上我们还是会有所发现。因为优雅从来不是来自教养,而是来自出身。一定要有浪漫的性格,否则过分挑剔地排斥无礼是毫无用处的。天才一定会朝着这个方向努力:它并非要表现得十分礼貌,它本身便是礼貌。高尚的行为在小说中和在现实中一样罕见。司各特因其忠实地描绘了上层阶级的风度和谈吐而受到赞扬。当然,在《韦弗利》之前的时代,国王和王后、贵族和贵妇人都有权抱怨他们嘴里说的荒谬话;但司各特的对话并没有包含任何批评性意义。他的贵族们在相互挑战的过程中妙语解颐,然后装腔作势地对话,再次阅读的时候便会感到不讨人喜欢:因为它对生活没有任何热情。只有在莎士比亚的作品当中,说话人不会趾高气扬,对话也会轻松而出彩……我们一生中有一两次机会,我们被允许在那些本性中没有障碍,性格在言行之中自由流露的男人或女人面前,享受高贵礼仪的魅力。美丽的形体胜过美丽的脸蛋,美丽的行为胜过美丽的形体,它比雕像或图画给人带来的快乐更加高尚,这才是最好的美术作品。在自然界的万事万物之中,一个人只是一个渺小的东西而已,然而,从他脸上散发出的道德品质来看,他可以消除一切重大的考虑,他的礼貌可以与世界的威严相媲美。我见过一个人,他的礼貌虽然完全符合上流社会的行为规范,但绝非是从那里学来的,而是独创的、威严的,并能带来保护和成功;他不需要诉至法庭求助,但他的眼里带着快乐与自由;他打开了新的生活方式的大门,使人产生幻想;他摆脱了礼节的束缚,像罗宾汉一样快乐、活泼、善良、自由;然而,有需要的时候,他还会拿出帝王的威严,平静、严肃,并且在大庭广众之下表现得雍容典雅。

露天、田野、街道和公共场所是男人执行自己意志的地方,让他在家门口交出权杖,或者将权力进行分配。女人凭借她的行为本能,立刻觉察到男人对琐事的喜爱,观察到他的冷漠或低能,或者,简而言之,发现男人们缺乏那种宽容、流畅和大方的举止,而这种举止就像大厅的外观一样不可或缺。我们美国的制度一直对女性非常友好,就在这一刻,我认为这个国家的主要幸福就在于它的女性表现出色。男性中某种尴尬的自卑意识可能会产生支持女权运动的新骑士精神。当然，正如最激进的改革家所要求的那样，尽可能地让女人从事法律和社会事务方面的工作，但我完全相信她的那鼓舞人心的音乐天性，所以我相信只有她自己才能向我们展示如何为她服务。女性那奇妙慷慨的情感有时会使她进入高尚而神圣的领域，并验证密涅瓦、朱诺或波林尼亚描绘的景象；妇女坚定地向上行走，她让最粗俗的算计之人相信，除了他们的双脚知道的路之外，还有另一条不为人知的路存在。但是，除了那些在我们的想象中获得缪斯和德尔菲·西比尔地位的人之外，难道就没有这样的女人了吗？她们用葡萄酒和玫瑰装满我们的花瓶，使得酒香四溢，花香扑鼻；她们以礼貌激励我们；她们松开了我们的舌头，我们就说话了；她们用油膏涂抹了我们的眼睛，我们就看见了。我们说了一些我们从未想到会说出来的话；只是这一次，我们习以为常的缄默之墙消失了，留下我们得以高谈阔论；我们返老还童，和孩子们在一片广袤无垠的花丛中嬉戏玩耍。我们沉浸于这些影响之中，在几天乃至几周之后，我们将成为乐观豁达的诗人，用五颜六色的文字书写浪漫的诗歌。无论是哈菲兹还是菲多西谈到他的波斯里拉，当我看到她日复一日、每时每刻都在她周围散发着多余的欢乐和优雅时，她都是一种自然之力，她的丰富的生命之力令我感到惊讶。她是一种强大的溶剂，能够将所有不同的人融合到一个社会中：就像空气或水一样，这是一种具有广泛亲和力的元素，它很容易与成千上万种物质结合在一起。只要有她在场，这个地方便会变得今非昔比。她是一个整体，所以无论她做什么，最终都会变成她自己。她有太多的同情心和欲望去取悦他人，而你无法说得清楚。她的举止带有尊严，她在每一个场合的襟怀坦白的举止，就算是公主也无法超越。她既没有学过波斯语语法,也没有学过七位诗人的著作,但七位诗人所写的所有诗歌仿佛都写在了她身上似的。因为虽然她天性不爱思想,却偏爱同情,她自己的天性如此完美,以至于能够尽心尽力与知识分子交谈,以自身情感来温暖他们;正如她所做的那样,她相信,通过与所有人进行高尚交往,所有人都会表现出他们的高尚。

我知道,这种拜占庭式的骑士精神或时尚,对于那些把当代事实看作科学或娱乐的人来说,似乎是如此公平和美丽,并不是所有旁观者同样都感到满意。对于那些雄心勃勃的年轻人来说,我们的社会体制使其变成一座巨大的城堡,风尚并未使他们获得垂涎欲滴的荣誉与特权。他们不得不认识到,它表面上的宏伟是模糊的,也是相对的,只是因为他们的承认才显得伟大;当他们的勇气和美德来临时,他们最自豪的大门就会打开。然而,对于那些倾向于遭受这种反复无常欺压的人来说,目前的困境是易于补救的。把你的住所搬远几英里,或者最多四英里,通常会缓解最极端的易感性。因为时尚所重视的优势在于,在非常有限的地方,即在少数街道上生长茂密的植物。离开这个地区,它们便无任何效用;在农场、森林、市场、战争、婚姻关系中,在文学界或科学界、海上、友谊、思想或美德的世界里都毫无用处。

但我们在这些富丽堂皇的宫廷里逗留了足够长的时间。象征之物的价值必须证明我们对象征的喜爱不无道理。一切被称为时尚和礼貌的事物都会在荣誉之源面前,即在爱心的面前,感到自卑,荣誉之源就是头衔和尊严的创造者。这就是高贵的血液,这就是熊熊烈焰,它在所有地区以及所有紧急情况下,将根据其本质发挥作用,征服和扩展所有接近它的事物。这给每一个事实赋予了新的含义。这让富人变得贫穷,除了自己的尊严之外,没有其他任何尊严可言。什么是富有呢?难道你已经富有得可以帮助任何人了吗？难道可以帮助不时髦和行为古怪的人了吗？可以让加拿大人坐在他的马车里，打零工的人手里攥着领事把他推荐给"慈善家"的推荐证明，会说几句蹩脚英语的皮肤黝黑的意大利人，被监工在城镇之间追打的跛足乞丐，甚至是精神错乱的穷人或是被困于废墟的男男女女，难道你富有得足以让他们在普遍的荒凉与凄冷之中感受到你的存在以及你的房子的高贵例外吗？难道你富有得足以让他们感觉自己永远都被记得并被充满希望的声音迎接吗？除了拒绝充分有力的理由之外，什么又是庸俗呢？除了允许这种要求，给他们的心灵与你的心灵一同褪去举国上下所持有的严谨细心，轻松度过一个假期，什么又是文雅呢？如果没有一颗富足的心，财富就是一个丑陋的乞丐。施拉兹国王不能像住在他家门口的可怜的奥斯曼那样富有。

但是，我听到别人说我扮演的朝臣非常糟糕，并谈论那些我不太理解的事情，这并不会令我感到难过。不难看出，那些根据特征而被称为所谓社会和时尚的东西，既有好的法律，也有坏的法律，有很多必要的东西，也有很多荒谬的东西。

礼 物

　　人们认为,当今世界正处于濒临破产的状态,世界拖欠自身良多,它所累积的高筑债台已然超出它所能支付的能力范围,因而它理应被送到法院去拍卖来对抵债款。或多或少,基本上所有人都曾有过这种普遍性无力偿债的现象,但我认为这其实并不是导致人们在新年和其他时候送礼困难的原因。尽管偿还债务十分令人头疼不已,但是慷慨解囊总是如此令人喜形于色。实际上,其背后的真正阻碍在于如何选择礼物。无论何时何地,如果我突然想到应该给某人备一份礼物了,但期间我会因为该送什么样的礼物,而反复纠结拿不准主意。这样一来,最后往往会导致机会从手中白白溜走。鲜花和水果永远是合适的礼物。鲜花,之所以是合适的礼物,是因为它们骄傲地断言道,哪怕它们一丝的美丽都远胜过世界上所有的实用价值。鲜花欢快的天性与普遍自然界稍显严酷的面容形成了鲜明的对比,仿若从忙碌的工作间外传来的余音袅袅,不禁令人心旷神怡。大自然不会将我们玩弄于股掌之间,因为我们是她的孩子,而非她的宠物;大自然不喜偏颇,万事万物都严格按照普遍规律运行,将事情毫无顾忌地或公平公正地递交给我们。人们常常告诫我们,即便我们不受蒙骗,我们也喜欢听阿谀之词,因为它表明我们足够重要,值得奉承。鲜花给我们带来了类似于这种快乐的东西:这些甜蜜暗示我是何等身份的人物! 而水果,之所以是受欢迎的礼物,是因为它们是商品的精华,并且可以于其中附加一种奇妙的价值。如果有人叫我千里迢迢去看望他,并在我面前摆上一篮子上等的夏日水果来招待我,我就会认为劳动和报酬之间应当是等比例互换的。

对于日常礼物来说，每一份应人所需的礼物都能够送到人的心坎里，并在人们眼前无时无刻不展露出其礼物之美。然而，当一个人毫无选择的余地时，他会因为收到一份雪中送炭的礼物而感到欣喜若狂。倘若门口的那个人连鞋子都没有，你考虑给他买个颜料盒用以陶冶情操的这个想法也属实没什么必要。无论在家里还是在户外，当你看到一个人吃饭或者饮水时，这种感觉总是令人欣喜的，因为，能够满足这些燃眉之急总是赠人以一种强烈的满足感。倘若人们能够知其所需，那么送礼的难题便能轻松地迎刃而解了。在我们普遍互相依存的情况下，让收礼者来判断自身的需求，而送礼者来满足他所要求的一切，尽管这样做会带来极大的不便，但是如此一来一回好似赠人玫瑰，手有余香。假使他的愿望过于不切实际、异想天开，那么最好还是让别人来对他施以小惩。因为相比起复仇女神，我还可以想到许许多多我更愿意投入扮演的角色。我有一位朋友，他的送礼原则是这样的：除了必需品之外，送出的其余礼物应该是向某人传达恰当地匹配其性格的东西，并且当对方看到这份礼物时，脑海中应该第一个想到的就是他。但是我们表达赞美和爱意的方式大多都是粗俗的。戒指和金银珠宝都算不上是礼物，只不过是为了应付送礼草草了事罢了。唯一可以称得上是礼物的，应当是你自己的一部分，应当是你在我身上耗费的心血。因此，诗人献上了他的诗篇；牧羊人献上了他的羊羔；农夫献上了他的玉米；矿工献上了他的宝石；水手献上了他的珊瑚和贝壳；画家献上了他的画作；女孩献上了她亲手缝制的手帕。这才是恰当且满意的礼物，因为每份礼物都能传达一个人的传记，每份财富都能衡量一个人的价值，由此它让社会的原始基础得以恢复。但是，倘若你仅仅只是随意地去商店为我购置一份礼物，那么这只能说是一笔冷酷且无情的交易,因为这笔交易并不代表你的生活和才华,而是代表金匠的。以金银这种虚假的财产状态作为礼物,只适合国王和代表国王的富人,用作一种象征性的赎罪,或者用作一种对勒索的支付。

利益法则是一条崎岖难行的航道,需要人们小心翼翼地掌舵航行,或者辅以坚固牢靠的船只来操控航向。如此说来,收人礼物并非理所应当,那送礼者又怎敢轻易赠人以礼?即便他们的手冒着被咬的危险来喂养我们,我们也无法完全原谅馈赠者的行径,因为我们每一个个体都希望自己能够自立于世。我们希望能够将所有的爱意都收入囊中,因为那是一种从内心接纳的馈赠,而不是高人一等的赏赐。有时我们会讨厌我们视作食物的肉类,因为靠其生存似乎有失体面。

我们对于赠予的一切来之不拒,甚至稍有差池都不能让我们满意。除了土、火和水之外,如果社会不赠予我们机会、爱、尊敬和崇拜对象,我们反而会回过头来谴责社会。

对于收礼这件事情,能够应付自如的人们都可以归类为好人。当我们收到一件礼物时,往往会感到高兴或是难过,但其实这两种情绪都是不合适的。在我看来,无论是为一份礼物高兴还是悲伤,有些暴力都已悄然发生,有些堕落也已默然承受。当送礼者侵犯我的独立性,或者送的礼物不贴合我的心意时,我常常因为自己不能将就而深感歉意;但是倘若这份礼物超乎了我的预期,我也会感到羞愧难当,因为送礼者能够读懂我的心思,他明白我喜欢的是他所赠予的礼物,而不是他这个人本身。事实上,礼物在赠礼者和收礼者之间,如流水般潺潺流动。等水处于同一平面时,我赠礼给他,他回礼给我。这就相当于他的一切都是我的,我的一切都是他的。我跟他说,你怎么能够把我送给你的油和酒反送给我呢？这种回返的礼物仿佛在驳回我的心意。所以说，观赏品比实用物更适合作为礼物。因为这种赠予实际上是篡夺，收礼者就像所有人憎恨的泰门一样，完全不考虑礼物背后的价值，不领情反而惦记着他人更多的付出，这时，我更同情收礼者，而不是那些怒气冲天的泰门阁下。因为赠礼者渴望得到回报的想法是卑鄙的，这种念头往往会受到收礼者麻木不仁的惩罚。倘若没有受伤，没有心痛，便能摆脱一个不幸受你赠予的人，这是一种莫大的幸福。受人恩惠是一件极为沉重的负担，所以收礼者想给你一巴掌也是自然而然的事情。

  我认为，这些矛盾的症结在于，人与礼物之间没有可比性。对于一个宽宏大量的人，你不能给予任何东西。倘若你馈赠于他，他立刻回礼于你，这样一来你反而欠下人情。一个人对朋友所做的馈赠，与朋友预先备好的回礼相比，显得是那么微不足道和自私自利。无论馈赠与否，事实就是如此。我对朋友的心意应当远胜过那些渺茫的受益。除此之外，不管结果如何，我们彼此之间的行为，都是充满偶然性和随机性的，以至于我们很少能够听到别人感谢我们的帮助，不过羞辱的话语倒是偶有听闻。我们很少能够直击重点，但往往沉迷于拐弯抹角；我们也很少拥有赠人玫瑰后的手有余香。但是，正直人士却在无意识中便惠泽四方，不出所料能值得起众人的感谢。

  我不敢轻言任何对爱的亵渎，爱是礼物的源泉，我们不应该对他妄加规劝，让他径直漠然地让出王国或是花叶。我们总希望某些人能够赐予我们一些天外之物，因而让我们对其尚抱有一丝期待。其实这不过是一种不受市政法律规束的特权罢了。至于其他方面，我很欣慰能够看到人类不流于贸易买卖。然而，最好的款待和慷慨不在于意志，而在于命运。对他人而言，我发现我并没有多重要，甚至可以说是毫无用处且毫无感觉;即便有他人赠予的房子和土地的庇护,我也会被拒之门外。任何的帮助都无关痛痒,唯有心意的交互才最抚人心。当我试图通过帮助他人来维系我们之间的关系时,事实证明这不过是一种智力上的把戏——仅此而已,再无其他。他们用食用苹果的方式接受你的帮助,吃饱喝足后又将这份帮助置之脑后。但倘若你对他们关爱有加,他们就会感受到你的心意,无时无刻不因你而欢喜。

自　　然

　　几乎一年四季都有一段时期会是这般气候,生长在这种气候下的万事万物都尽显自身的美;空气、天体和大地和睦共处,仿佛大自然在骄纵自己的子孙后代;倘若我们身处地球上荒芜的高纬度地带,它便无法成为我们印象里幸福指数最高的地区,也无法让我们自由沐浴在佛罗里达和古巴的璀璨阳光下;当一切有灵之物都透出一股舒心自在的迹象,那么就连俯卧在地上的牛群似乎都会拥有一种伟大而平静的思想。如此这般宁静的气候,这般纯净自然的十月天气,在"十月小阳春"或者我们称为"印度的夏天"的日子里,我们可以更有把握去不断寻觅它的踪迹。无限漫长的白昼仿若在宽阔的山丘和温暖的旷野上经历了一场熟睡。终日阳光明媚的时光,似乎分外漫长,历尽沧桑。相较之下,这片荒芜之地好像并没有那么孤寂。面对森林,人类不得不感叹大自然的鬼斧神工,他们甘愿离开城市,离开城市里那些或伟大或渺小,或明智或愚笨的预判。一旦他踏进这片领地,那些他背上的世俗包袱就会散落下来。在大自然的映衬下,其他所有的环境都显得相形见绌,它审视着所有到访的人。我们已经悄悄地走出我们闭塞狭小的房子,走进了夜晚和白昼,无时无刻不被浩瀚美景拥入怀中。我们多么想逃离那些世故的阻碍,摆脱那些老谋深算,而醉心于自然的裹挟。清晨,森林里折射出的微弱光线,总是令人为之一振,精神抖擞。这里仿佛在我们身上施了魔法:松树、铁杉和橡树的枝干闪耀着如铁般耀眼的光芒,直击人心。缄默的树木试图规劝我们远离那些冷峻琐事缠身的生活,而选择和它们一起共度岁月。我们可以轻易地踏入开阔的风景,为接踵而至的新画面和新思想而吸引驻足,直到对家乡的回忆渐渐被挤出脑海,所有的记忆都被当下的暴政抹为空白,我们就会被大自然引领着,朝胜利的方向不断前进。

这些魔法有药用的疗效,它们能清醒我们的头脑,疗愈我们的身心。这些纯粹的快乐,赋予我们亲切而自然的体验。尽管校园里的闲言碎语会使我们鄙视这种行为,但我们仍专注于本心,执着于物质。我们永远无法与物质分离,精神也无法抛却故土的迷恋,就像我们口渴了要喝水,我们的眼睛、手脚离不开岩石、土地一样;物质是冰冷的水或是火焰,多么健康,多么亲切!每当我们同陌生人装腔作势地交谈时,它会像一位老朋友或是亲兄弟一样出现在我们面前,与我们真挚地攀谈,于是我们不敢再轻易地胡言乱语,甚至恨不得找个地缝钻进去。城市没有给人类的感官提供足够的空间。无论白天还是黑夜,我们都需要出门远眺美景,大饱眼福,这其实就像我们洗澡需要水一样至关重要。大自然对人的影响程度各异,不仅可以让人脱离世俗,也可以调节人类的想象和心灵。它是炎热时节的清泉涌动,也是寒冷时刻的炉边取暖。我们偎依在大自然中,就像寄生虫一样依附着谷物的根茎生存,我们接受来自天体的目光,接受走向孤独的召唤,接受最遥远未来的启示。抬头仰望,蓝色的天际是浪漫和现实相遇的相接点。

雪花静悄悄地飘落在空气之中,片片晶莹剔透,完美无瑕;漫天雨雪拂过广阔的水面和平原;麦田翻滚此起彼伏,层层麦浪在我们眼前泛起一层白色的涟漪;花朵、树木映在如镜般澄澈的湖泊中勾勒出一抹倩影;徐徐和风同所有的树木合鸣一曲风琴;铁杉或是松木在炉火旁噼啪作响,客厅的四壁和摆设熠熠生辉——所有的这些风景勾勒出了最原始的音乐和画面。我的房子坐落在村庄的边缘,地势较低,视野有限。但当我和朋友到了村庄的小河岸边，我轻轻地划动双桨，便可以驶离村庄，将村庄里的人和事抛在脑后，来到一个落日余晖和月光交相辉映的王国。在这片光芒万丈的国度里，倘若不加以观察，劣迹斑斑的人类根本无法进入其中。我们纵身沉醉在这种绝妙的美景中；我们的双手浸泡在这种如画般的环境中；我们的眼睛沐浴在这些斑斓的光影中。一个假期，一座乡村别墅，一场宫廷盛宴，一个最隆重、最欢乐的节日，在勇气与美丽、权力与品位的装点和享受下，立刻就初现雏形。天边落日、晚霞缀着闪烁群星，用它们隐秘而不可言说的目光，象征并诉说着这样的节日。于是我领悟到了我们的发明是多么贫乏，我们的城镇和宫殿是多么丑陋。对于夯实和延续这种初始之美，其实艺术和奢侈早有意识。然而，直到目睹了这一切，我才幡然醒悟。从今往后，我将不复快乐，我将不能再回到过去。我变得养尊处优、附庸风雅，但我奉为狂欢之首的必须是一位见多识广、学富五车的乡下人，他知道地里、水里、植物里……有什么甘甜和疗效，并知道如何实现这些效果——由此他富有且高贵。世界的主宰只有在向大自然求助时，他们才能企及辉煌的顶峰。这也是他们建造空中花园、别墅、花园洋房、岛屿、公园和渔猎场的意义——他们用这些强大的附属品来支撑他们有缺陷的人格。人们难免对带有这些危险属性的附属品的国家产生些许兴趣，但其实有这种难以抑制的想法也不足为奇，因为它带有行贿和邀约的色彩。这些雄辩的秘密承诺不是出自国王，不是出自宫殿，不是出自男人，不是出自女人，而是出自这些温柔而富有诗意的星星。我们从富人的所言所行中知晓他的别墅、小树林、美酒和同伴的存在，但邀请的刺激和要点却来自这些迷人的星星。透过它们柔和的目光，我看到了人们在凡尔赛宫、帕福斯或泰西封中努力想要实现的东西。事实上，它以曙光和蓝天作为底色背景，挽救了我们所有的艺术作品,否则这些作品只能说是一堆摆设而已。当富人向低三下四的穷人征税时,他们应该考虑一下那些被冠以自然主宰者之称的人,对天马行空的想法的影响。啊!如果富人像穷人想象中的那样富有就好了!当一个男孩晚上听到军乐队在战场上的演奏时,他眼前就会浮现出国王、皇后以及闻名的骑士精神。比如,他在诺奇山的一个山区听到了号角的回声,号角拂过山岗,犹如风竖琴在奏鸣——这一超自然的奏鸣曲为他重现了多里安神话以及阿波罗、狄安娜和所有男女猎人的神话。一个音符竟可以如此高亢,如此高傲美丽!对于这个贫穷的青年诗人来说,他对社会的描绘是如此美妙。他忠诚并敬重富人,而富人的富有是出自他的想象力;倘若富人不富有,他的想象力会是多么贫乏!他们只和社交名流来往,出发去海边和遥远的城市——这些都为他所描绘的浪漫奠定了基础,除此之外,他们的实际财产只是棚屋和马场。缪斯本人背叛了她的儿子,并借空气、云彩和路旁森林辐射出的光芒,增强自身那高贵而天生丽质的天赋——这是一种高傲的恩宠,一种像是源自天赐贵族或是天赋王权的恩宠。

即使不去科莫湖或马德拉群岛,我们也能捕捉到这些迷人的风景。我们对当地的风景赞不绝口。在每一幅风景画中,最令人惊奇的是天空和陆地的相接处,无论是站在第一个小山丘上,还是站在阿勒加尼山顶上,都能将这一美景尽收眼底。夜晚的星星弯下腰来,俯瞰着褐色的普罗大地,无论是在坎帕尼亚平原,还是在白茫茫的埃及沙漠上,星星的一切精神光辉都显露无遗。翻腾的云朵和晨暮的彩霞都会给枫树和桤木的形象增添几分色彩。风景之间的差异微乎其微,但是观赏者之间的差异却大有不同。在任何特定的风景中,最奇妙的莫过于每一处风景都必须美不胜收。大自然不会因人类的平凡而有所不同,因为美无处不在。

然而,学者们称为"被自然创造的自然"或"被动的自然"的话题,似乎更能引起读者共鸣。人们在谈论时,几乎不可能只局限在这一话题,而不夸大其词。在这样的情况下,一个敏感的人往往不喜欢放纵自己的嗜好,而更愿意选择去做一些无关紧要的事情:他去林地转转,或者看看庄稼,或者从穷乡僻壤采一株植物或是拾一颗矿石,又或者他带着一支鸟枪或是一根鱼竿。归根结底,我想这种羞耻感一定是有因可循的。仅仅把大自然当作是业余爱好的人,在本质上是贫乏和不值当的,田野里的纨绔子弟并不比他在百老汇的兄弟好上多少。因为人类天生就是猎人,对木器工艺充满好奇心。在我看来,带有伐木工人和印第安人这样的地名录便证实了这一点,因为其中的地名可以取代书店里所有的"花环"和"花神的花环"中最奢华的客厅。然而,在通常情况下,不知道是否是因为我们难以把控过于敏感的话题,还是出于其他原因,一旦人们开始撰写关于自然的东西,他们的作品就会陷入堆砌华丽辞藻的怪局之中。轻浮并不适合作为礼物送给潘神,因为他理应在神话中被描绘成最为自制的代表。当今时代最为推崇谨小慎微,在其面前,我不会恣意轻浪浮薄,但我也不能放弃能够常常对这个旧话题加以探讨的权利。对于这一深不可测的奥秘,人类通过文学、诗歌、科学聊表敬意。对于这一秘密,任何理智的人都无法表现出漠不关心或是无动于衷。然而,夕阳与它余晖之下的任何东西的不同之处在于:前者需要人类的存在。在风景中出现与其同等美丽的人物之前,大自然的美总是必须显得虚幻且空旷。而倘若有了人类的到来,其对于大自然的迷恋也会随之消逝。这就好比,如果国王在宫殿之上,人们也无暇顾及四周的墙壁是什么样子的了。而当国王离开后,宫殿里这些马夫和看热闹的人才有可能把目光移到绘画和建筑上,并试图从这些作品中所牵涉的伟人身上寻求慰藉。批评家们抱怨将自然之美同要做的事情病态地割离开来,但是他们必须优先考虑到,我们对于自然的探索与我们对虚假社会的抗议事实上是难舍难分的。当人类身陷沉沦时,自然却能昂首挺立,甚至可以当作温度计,用来检验人类是否依旧高风亮节。我们因自身的迟钝和自私而仰视自然,但当我们觉察到这一点时,自然反而会回过头来仰视我们。我们心怀内疚地望着浮沫四溢的小溪:倘若我们自己的生命涌动着正义的能量,小溪自然会在我们的影响下羞愧难当。热情的溪流闪烁着真正的火光,而不是反射太阳和月亮的光线。研究自然可以同研究商贾一样,以自身利益为中心。在利己主义者的眼里,天文学即为占星术;心理学即为催眠术;解剖学和生理学即为骨相学和手相学。

然而,及时的警醒和未解的谜题,让我们不再忽略自身对"高效的自然""能动的自然"以及"灵活的原因"所产生的敬意,在这些事物面前,所有的形式就像飘零的雪花一样四散逃窜;它隐秘的本身背后,其作品应有尽有(正如古人用牧羊人普罗透斯来代表自然),种类繁多,无法描述。它在生物中释放自我,这种接二连三的变换经由粒子和针状物,再到最高的对称性,无须惊天动地便可呈现绝佳的结果。一点点热量,也就是些许运动,便可将荒芜、刺眼和酷寒的两极与富饶的热带区别开来。由于无限空间和时间这两个基本条件的存在,所有的变化都是在非暴力的情况下发生的。地质学启发我们了解自然的世俗性,教导我们摒弃学校的方法,用摩西和托勒密式体制来代替大自然的得天独厚。由于缺乏阅历,我们对于大自然一无所知。但是,现在我们了解大自然了,岩石的形成需要历经多少轮的耐心磨合;在岩石破碎之前,最初始的地衣已经将最薄的外层分解成土壤,并为遥远的植物系、动物系、谷物系和果树系敞开了大门。三叶虫是多么遥远啊!四足动物是多么遥远啊!人类又是多么遥不可及啊！所有的人如期而至，一代代的人纷至沓来。从花岗岩到牡蛎，属实长路漫漫，再到柏拉图和心灵不朽学说，更是遥遥无期。然而，就像第一粒原子有两面性一样，一切都具有必然性。

运动或特殊性和静止或同一性，是自然界的第一秘密和第二秘密——运动与静止。她全部的法则可以写在拇指指甲上，或是写在戒指的图章上。小溪浅层表面的漩涡让我们知道了天空力学的秘密。海滩上的每一颗贝壳都是开启秘密的钥匙。杯中旋转的少量水能够解释成分较为简单的贝壳的成因，年复一年，物质最终叠加成了最复杂的形式；然而，大自然的技艺是如此贫乏，从宇宙的开始到结束，她只有一种物质——一种有两个端点的物质，提供给她所有梦幻般的变化。无论她如何组合它，星星、沙子、火焰、水源、树木、人类，它仍然是显示出同一属性的一类东西。

尽管大自然佯装违反自身的法则，但她却总是始终如一。她在遵守其法律的同时，又似乎超越了这些法律。她武装一只动物，让它在地球上找到自己的位置和生活，同时她又武装另一只动物，让它去毁灭前者。空间的存在是为了将生物分隔开来，但她却给鸟儿的两侧插上几根羽毛，赋予了鸟儿四处翱翔的能力。方向永远是向前发展的，但艺术家依旧要原路折返去寻找材料，并在到达最高级的阶段后，重新开始研究第一个元素；不然的话，一切都将走向灭亡。如果我们留意一下大自然的工作，似乎能够窥探一番大自然的过渡体制。植物可以说是世界的青年，是健康和活力的载体，但它们一直在沿路摸索着向意识前进；树木可以说是不完美的人类，它们的声声哀叹似乎在叹息自己根植于大地的囚禁。动物可以说是较高级阶的新手和实习生。纵使青年已经品尝到了思想之杯的第一滴甘露，但也是浅尝辄止；枫树和蕨类植物尚未腐化，但毫无疑问,它们幡然醒悟后也会咒天骂地。鲜花完全属于青年,所以我们成年人很快就会意识到,大自然衍生的美丽后代与我们无关:我们的时代已然过去,那么现在就让孩子们去拥抱属于他们的时代吧。花儿抛弃了我们,我们不过是一群可笑又温情的老光棍。

事物之间是如此紧密相连,以至于我们能从任何一个物体中,都可以预测出其他物体的成分和性质。倘若我们能亲眼所见,一块城墙上的石头,就能够轻易地证明人类或城市存在的必要性。这种同一性使我们融为一体,使我们不断缩小我们习惯上的差异。我们谈论偏离自然的生活,仿佛人造的生活也并非自然而生。在宫殿之上,极度阿谀谄媚的朝臣具有一种动物的天性,他如同白熊一样粗鲁原始,为达到目的而无所不用其极,就连他们上奏的陈述和奏章都能直接牵涉到与喜马拉雅山脉和地球轴心有关。如果考虑到我们在多大程度上是隶属于大自然的,我们就不必迷信乡镇或是城市,仿佛在那里或好或坏的力量都不能和我们搭上关系。大自然造就了泥瓦匠,也造就了房屋。在那里,我们很容易就可以寻觅乡野的踪迹,就连我们这种满脸皱纹、脾气暴躁的生物,都会对自然物体散发出来的凉爽气息而羡慕不已。在我们看来,如果我们在野外露营,吃草根的话,也会像大自然一样风骨伟岸;尽管我们坐在铺着丝绸地毯的象牙椅子上,橡树和榆树会很乐意为我们遮风避雨。但即便如此,我们还是想成为人类而不是土拨鼠。

这种具有指导性的同一性,将事物中所有的惊喜和对比融会贯通,并形象地刻画出了每一条规律的特征。人类的大脑中承载着整个世界,脑中闪过的每个念头汇合了所有天文学和化学的知识。由于自然界的历史在他的大脑中得以描绘,因此人们奉其为自然奥秘的先知和发现者。在经由实际验证之前,自然科学中的每一个已知事实,都是由某人的预感推测而得的。倘若一个人没有认识到约束自然界最遥远区域的法则，那么他就不会系上他的鞋带，月亮、植物、气体、水晶，都是具体的几何形状和数字。常识尚能自知，并且在化学实验中能够一眼辨明结果。富兰克林、道尔顿、戴维和布莱克的常识，其实也是现有发现之物的常识。

如果同一性能有序静止，那么反作用也将井然有序。天文学家说："假如给我们一些物质和一点儿运动，我们将会构建一个宇宙。"但是光有物质还不够，我们还必须有一种推动力来发射物质，从而中和离心力和向心力。一旦用手托起宇宙这个球，我们便可以见证这种强大的秩序是如何形成的。"这样的假设非常不合理，"形而上学者说，"这简直可以说是从正面对问题避而不谈。难道人们就不能设法弄明白推动力的起源和延续吗？"与此同时，大自然并没有顾及讨论的结果，而是不管对错，先赋予了这种推动力，让球滚动了起来。这算不上是什么了不起的大事，仅仅只是一种推动力而已，但这一行为的后果是永无止境的，所以天文学家们理应对其重视起来。因为这种明面上的推动力，通过系统中的所有球体，通过球体中的每个原子，通过所有生物的种族，通过个体的历史和表现来传递自己。世间万物总是喜欢夸夸其谈。大自然造就万物和人类的同时，都会赋予个体独有的品质。在地球上，增加这种推动力是具有必要性的；因而，大自然会推动每一种生物，朝着正确的道路上愈走愈远；在任何情况下，多一丝慷慨，就会多一滴回报。倘若没有电的存在，空气就会令人酸臭难耐。倘若没有男男女女之间强烈的暗示，没有一丝偏执和狂热，也就没有激情和效率。我们的目标是超越目标，从而达到目标。因此，每一种行为都夹杂着夸张的成分。

一个面带少许忧伤的有识之士偶尔出现，他看到人们正在进行一场有失公正的比赛，而他不仅拒绝加入其中，还向大家泄露了比赛不公的秘密——那怎么办呢？比赛不继续下去了吗？哦，当然不会，行事缜密的大自然派来了一队更为公正、更为高雅的青年，这队青年更为突出的方向感，让他们牢牢地在各自的目标上恪尽职守，让他们在自己认为最正确的方向上持之以恒，随后比赛又以新的方式延续至一到两代人。小孩子喜欢搞恶作剧，仅仅把感官拘泥于视觉和听觉，其他全然不管不顾。或者可以说，他没有任何能力去比较和评定他的所见所闻。一个哨子或一张画片，一名领头骑兵或一只姜饼狗，都能让他将一切抛到脑后什么也不管，只留下满心对新事物的欢喜，以及能够躺下来缓解一天持续疯狂的夜半时分。然而，大自然已经达到了她的目的——她摇身一变，化身为一个满脸酒窝的卷发疯子，只顾使出浑身解数，挖空所有心思，尽其所能地确保身体结构的匀称生长——这一目的至关重要，因为她不能指望其他人，任何他人的照料远远不比自己来得可靠。这片在每个玩物的顶部打转的乳白色光辉，映入了他的眼眸中，用以确保其忠贞不贰。但也算是祸福相倚，在他惨遭欺骗的同时，却又得了便宜。我们以同样的方式生活和成长。斯多葛学派的人爱怎么说就怎么说吧，我们吃东西从不是为了生存，而是因为肉质鲜嫩而感到食欲大振。植物的生命并不满足于从花朵或树木上落下一粒种子入土即生，而是在空气和土地上播撒无数颗种子任其飘扬，这样一来，如果有成千上万的种子死亡，也会有成千上万的种子可以自己重新生长，数百粒种子可以萌芽，数十粒种子可以结果。待瓜熟蒂落之时，至少有一粒种子可以取代母体。万事万物都显示出同样精心安排的繁衍。因为惧怕严寒，人们的身体被过度的恐惧包围着，畏畏缩缩，一看到蛇或者听到突然的声响就吓一跳，这种无端的警惕会保护我们最终免遭真正的危险。恋人不带预期的目的，在婚姻中寻求他个人的幸福和完美；而自然界却把目的隐藏在他的幸福——也就是子孙或种族的繁衍之中。

然而，人类的思想和个性之中，也融入了这种创造世界的工艺。任何人都不具备彻头彻尾的理智，但每个人的个性中都带有一丝傻气，他们在做决定的时候，偶尔一拍脑门即定，自己则牢牢盯紧大自然所重视的某一要点。伟业从来都不是依据其价值来加以评判的，但是，为了适应党派的规模，这一伟业往往被人们简化至细枝末节，而且越是小事，人们抒发的言论就越发激烈。同样值得一提的是，每个人都会过分抬高自己必须做或说的事情的重要程度。诗人和先知比任何听众都要重视他所说的东西，所以他们才会用言语表达出来。雅各布·伯曼和乔治·福克斯在他们备受争议的作品中，显示出了他们的利己主义……尽管这种行为很有可能会让他们在智者面前名誉扫地，但这也使得他们的言论变得热烈、尖锐和公开，继而有助于他们巩固在人们心目中的地位。类似的经历在私人生活中并不少见。比如，每位有志青年都会写一本日记。以这样的方式写下的书页，对青年来说都是灼热且芬芳的。无论昼夜晨昏，他都把日记放在膝上翻读，眼泪顺脸滴落而下浸湿了书页。这些书页是神圣之物，也是世间珍宝，甚至是连挚友都无法近身之物。过了一段时间，他开始希望他的朋友能够坦然地接受他这段神圣的经历，虽心存忧虑，但犹豫再三后，他还是坚持把日记拿给朋友赏读。他心想，难道这些热切的文字不会灼伤他的眼睛吗？但朋友实际只是冷冷地翻了几下，随后又放下了日记开始跟他攀谈。他怎能如此轻易地转换自如呢？朋友的转变让他感到惊讶和不安，但是他怀疑的不是文字本身，因为这些文字承载着他日日夜夜的炽热生活、他日日夜夜与黑暗天使和光明天使的交流，以及他刻在那本泪痕斑斑的书上的模糊的天使形象。事实上,他怀疑的是朋友的智力与心灵。那难道说他们不算朋友吗?他不相信一个人历经万般磨难,却不清楚如何将脑海中的这些难忘经历誊在纸上。也许智慧比我们有更多的幕僚和公使,尽管对于这件事情我们应该缄默不语,但真理却仍会各抒己见,甚至可能会浇灭我们热忱的火焰。倘若一个人不觉得自己的言语欠佳和偏颇,他就会滔滔不绝,说个没完。但当他开口说话的时候,他无法意识到他的言辞存在任何不妥当的地方。一旦他从本能和特殊中挣脱出来,发现了这种现象,随后他便会心生厌倦并对此只字不提。因为倘若一个人不认为他落笔所写的东西就是当代世界历史,那么他连一个字都写不出来;倘若一个人不重视自己的工作,那么他什么事都做不好。我的工作或许算不上有多重要,但我决不能萌发这样的想法,不然的话,我便无法心无旁骛地全身心投入工作中去。

同样,自然界中也不乏一些满带嘲弄之意的东西,它们引导着我们不断前进,但同时又不寄予人类以过多希望,对我们曾经许下的诸多承诺最后却都沦为一场空谈,致使我们个个都落个无处可去的下场,我们生活在一个与自然界相类似的系统之中。每一个目的都预示着另一个目的,但是这个目的也仅仅是暂时而定的,没有一个最终圆满的成功。我们在大自然中安营而非扎寨。饥饿和口渴引导我们不断地进食和饮水,但是,无论你如何混合和烹调面包和酒饮,我们饱腹之后还是依旧会感到饥饿和口渴。我们所有的艺术和表演亦是如此。我们的音乐、我们的诗歌、我们的语言本身并不能得到满足,而只是作为一些建议而存在。人类对于财富的渴望,把地球变成了一个花园,也把那些热切的追求者耍得团团转。那么追求的目的是什么呢?追求显然是为了保持理智的感觉和美好的目的,使其免受任何形式的变化或世俗的侵扰。但是这种方法是多么复杂啊！光是为了聊一聊就要耍多少花招！砖石垒成的宫殿、仆人、厨房、马厩、马匹、马具、银行存款、抵押贷款文件、全球贸易、乡村别墅、海滨小屋，所有的这些都是为了能够进行一次高尚的、清晰的、精神上的简短交流，难道高速公路上的乞丐就不配拥有这些东西吗？当然不是，因为所有这一切都来自这些乞丐不断的努力，来自他们想要消除生命之轮的摩擦和机会的给予。交谈、个性是公开的目的。财富是予人裨益的，因为它让动物的欲望得以弱化，让冒烟的烟囱得以平息，让吱吱作响的破门得以修复，让朋友们聚集在一个温暖而安静的房间里，让孩子们和餐桌待在另一间房间里；思想、美德、美丽也是目的，但众所周知，在冬日渐暖的房间里，具备前两种特性的人类，不是偶尔会感到头疼，就是弄湿了双脚，于是大把的欢愉时光也随之一去不复返了。不幸的是，为了消除这些困难，我们付出了不懈的努力，将主要的注意力都转移到这个问题上来；因而人类忽视了旧目的，而将消除摩擦作为新目的。这是来自富人们的嘲弄，来自波士顿、伦敦、维也纳，这些富人的城市和政府的嘲弄；大众是穷人，也就是想成为富人的人。这是来自阶级的嘲弄，他们充斥着痛苦、汗水和愤怒，但却无济于事，所有的辛劳顷刻之间都付之一炬。这一点就好像，一个人打断了众人的谈话，想要上台演讲，却在台上一时间忘记要说的内容。在漫无目的的社会和国家中，这种景象随处可见。自然的目的真的有那么伟大，那么令人信服吗，以至于人类要做出如此巨大的牺牲？

正如人类的预期一样，不仅生活中存在着欺骗，大自然也会给眼睛带来欺骗的错觉。森林和水里有某种诱惑和奉承，同时也有一种对当下现状的不满足。这种失落感无处不在。我曾见过如柔软而美丽的羽毛一般的夏日云朵在头顶飘浮，仿佛享受着自己的运动的高度和特权。然而,与其说它们是此时此地的帷帐,倒不如说它们是远处的亭台楼阁。这种妒忌心是很奇怪的,但当诗人发现自己还离他的目的相距甚远时,那么大自然似乎不是他面前的松树、河流、花海,而在别处。大自然或者只是过往胜利的远景。那从远景反射回来的回声,现在正处于它的辉煌和鼎盛时期,它也许跑到了邻近的田野里,或者当你置身田野时,它转身跑到了邻近的树林里。眼前的一切会给你一种昨日盛宴般停滞的感觉。多么壮丽的远方,多么难以形容的落日余晖中的壮观和绮丽啊!可是,谁能去那儿呢?谁能去那儿大展手脚呢?它们在地球上不复存在。无论男女,都与寂静的树林一样,总是一种参照的存在或是不存在,从来都没有自身的姿态和满足。难道说美永远无法被人们抓住吗?美在人和景观中同样让人难以接近吗?少女在接受情人并订婚之时,已失去了吸引对方的最自发的魅力。当他像星星一样追求她时,她高高在上;而当她向他屈尊下嫁时,她却跌落神坛。

  我们该如何评价这种无处不在的推动力,以及这种对这么多善意的生物的恭维和阻挠呢?难道我们不能假设在宇宙的某个地方存在着轻微的背叛和嘲弄吗?我们难道不能对这种利用我们的行为感到严重的不满吗?我们难道是被逗乐的鳟鱼,还是自然界的傻瓜?只要一览天地的面貌,我们就能平息所有的怨气,坚定更加明智的信念。对于智者而言,大自然是无边希冀的化身,她无法轻易被概述,她的秘密也无人知晓。许多俄狄浦斯来到这里,脑子里承载了无尽的神秘。唉!可惜同样的法术破坏了他的技艺,他连一个音节都没法说出来。然而,这也表明了我们的行动得到了支持,并倾向于超出我们预期的结论。我们在生活中处处受到精神媒介的护卫,静候一个利好目的的到来。我们不能和大自然争辩,也不能以对待人的方式对待大自然。如果我们试图以一己之力对抗大自然，我们可以很容易感觉到这其实是一场不可战胜的命运游戏。但是，如果我们抛却自己与工作千丝万缕的联系，而是慢慢感知工人的心灵在我们身体里流淌，我们首先就会在我们的心中找寻到清晨的宁静，找寻到重力和化学乃至两者之上的深挚的生命力量，所有的这些都以最崇高的形式预先存在于我们的内心中。

一想到捆绑在事业枷锁下的无助，我们就会感到惴惴不安，这种不安是因为我们过多地关注自然界的一种状态，也就是自然界中的运动。但阻力永远不会从车轮上消失。只要推动力稍有超过，"静止"或"同一性"就会暗示其补偿。在广袤的大地上，夏枯草或自我修复的植物随处肆意生长。在历经了浑浑噩噩的一天后，睡眠可以消除人们白天产生的焦躁和愤恨。尽管我们总是忙于细节，并经常受其纠缠难以脱身，但我们都会秉承先天的普遍规律进行各项尝试。虽然它们以观念的形式存在于我们的头脑中，但是它们作为当下揭露和治愈人类精神错乱的理智，也一直存在于我们周围的自然界中。许许多多愚蠢的期许让我们为细枝末节所牵绊。我们期待着火车头或气球的发明开启新的时代，新引擎的产生也往往伴随着旧的牵绊。他们说，当你在烘烤鸡鸭准备晚餐时，莴苣借助电磁作用将迅速萌芽，它是我们现代目标和努力的象征，是我们物体凝结和加速的象征；但这种想法化为泡影了，大自然是无法欺骗的，无论莴苣长得快慢，人的生命不过是七十份莴苣。然而，我们发觉在这些牵绊和不可能中，我们取得的优势并不亚于我们的冲动。那就让胜利顺其自然吧，我们站在它的那一边。从自然的中心横跨到两极，我们的学识涉及所有生命的范围，并且在每一种可能性中都建立了一定的利害关系。神圣的循环从不休息，也从不停留。自然界是思想的化身，并如同冰化为水和气一样，再次转变为思想。世界是思想的沉淀，而不稳定的本质永远存在于自由思想的状态中。因此,无论是无序的还是有序的,自然物体对心灵的影响永远都是有益且强烈的。一个身处囚禁、思维固化、碌碌无为的人却对他人人格加以指责。那种力量不尊重数量,将整体和粒子一视同仁,将微笑赋予早晨,将精华注入雨水。无时不在指示,无一不给指导,这是因为智慧已经融入了每一种形式。它像血液一样涌入我们的体内;它像疼痛一样触动我们的身心;它像快乐一样融进我们的生命。它在沉闷、忧郁的日子里,或在欢快的劳动日里笼罩着我们,直到很久之后,我们才能够悟出它的本质。

生活的准则——财富

职场新人应聘岗位时,第一个要回答的问题往往是:你是如何谋生的,并给出充分的理由?在尔虞我诈的残酷社会,每个人都需要诚实地靠自己的能力生存,他应该知道如何靠无可指责的手段获得生活来源,否则就不是一个完整的人。

每个人既是生产者也是消费者。一个人在还清债务之前,他无法享受社会的公共财富,更谈不上出人头地了。如果一个人只能勉强维持生计,不能创造更多的社会财富,只能说他命里有富贵,但变得真正富有似乎还有很长的路要走。

从远古时代对铲斧的敲击到彰显艺术的最后创新,一切都说明财富来源于对自然的充分利用。因为大量的蛮力劳动可以创造更好的秩序,所以,思想和所有生产之间联系紧密,正面力量和负面阻力均来自大自然,但思想可以把事物从丰富的地方带到它们需要的地方进行优化组合,指导行为艺术实践,并通过美术、口才、歌曲或记忆的再现来创造更精细的价值,从而积累财富。致富的艺术不在于勤奋,更不在于储蓄,而在于更好的秩序,在于因时而异、因地制宜。有的人有更强壮的胳膊或更长的腿,无济于事;而有的人根据河流的流向,洞察市场的增长和对土地的需要,然后填海造田,一夜暴富,腰缠万贯。现在的蒸汽并不比一百年前强,只是得到了更好的利用。一个聪明的家伙熟悉蒸汽的膨胀力,他也看到了大量的小麦和牧草在密歇根州腐烂,然后聪明的他把蒸汽管拧到小麦作物上。喷薄而出的蒸汽促使大量面粉被磨出,整个密歇根州获得食物,横扫饥饿的纽约和英格兰。粮荒之前,煤一直深埋在地下岩层里,当工人们用镐和绞盘把它们挖出来时,竟摇身一变为黑色的"钻石"了。每颗钻石都意味着能量和文明,就好像可以变换的气候,它将热带的热量带到拉布拉多甚至南极和北极圈,将自己运送到任何需要的地方作为燃料。瓦特和斯蒂芬森在人类耳边低语着他们的秘密——只需要半盎司的煤作为能量,就可以通过铁路和船只将两吨煤运到一英里远,能使加拿大像加尔各答一样温暖。煤带来了工业力量,带动了工业产业的进步。

长在树枝上或掉在地上烂掉的水果价值低微,但当农民把树上的桃子摘下来运到城里时,它们有了新的面貌,身价倍增。经商的秘诀就是把东西从盛产地运到稀缺之地,然后价格翻倍,获得丰厚的收入。

财富无处不在,可以是结实严密的屋顶,能够抵挡风雨的侵蚀;可以是一个良好的水泵,不断喷出甘甜的泉水;可以是能换洗湿衣服的备用衣服;可以是可烧的干柴;可以是黑夜里的一盏油灯;还可以是有一日三餐,有一匹马或一辆车载你穿越陆地,乘着船穿越海洋,有干活的工具,有可阅读的书籍。因此,通过各种工具和辅助手段,尽可能扩大我们的力量,就好比拥有了所有的财富。这些财富仿佛为人类增加了三头六臂,增加了生命的长度,增加了知识和养料。

财富从生活的基本层次——物资需求开始,我们必须尊重大自然的规律。

首先,大自然要求每个人都要养活自己,父辈如果没给我们留下遗产,我们就必须去工作,省吃俭用,辛苦积累,摆脱痛苦和屈辱的状态。大自然不会让我们坐享其成,不劳而获。不劳作就意味着挨饿,大自然会嘲笑人类,折磨人类,夺走人类的温暖、欢笑、睡眠、朋友和享受阳光的权利,直到人类通过自己的劳动挣得第一片面包。

然后,她不那么专横,但仍带着足够的刺痛,催促我们去获得自己应有的必需品。每一间小屋、每一扇橱窗、每一株果树、时不时兴起的念头都在促发人类新的需求,满足人类能力的发挥和尊严的维护。反驳人类对财富的需要是没有用的,虽然哲学家们认为人类的最佳状态在于清心寡欲,你以为谁会安于仅有的一间小屋和粗茶淡饭的生活吗?人生来渴望发财致富,人类的生活离不开金钱的诱惑。财富还需要大城市所能提供的自由,乡村美景提供的自由,要有旅行、机械、科技方面的便利,还要有音乐和美术的熏陶、最优秀的文化和最出色的朋友。真正富有的人知道如何利用人类所创造出的一切才华与智慧,懂得如何从最大多数人的劳动中获益,从古老的文化苦旅中潜心修行,他们的物质和精神从不贫瘠。人类和自然之间的关系就好比口渴需要甘洌的泉水,万物滋养着人类。而费尽心机追求财富也是要付出代价的,好比海水可以冲刷赤道和两极,同时危险的力量不可低估。大海似乎在挑逗人类:"当心我!你们谁能掌控了我?掌控不了我,你们就掌控不了陆地,呵呵!"火也提供了同等的能量。人类可用的资源很多,如火、蒸汽、闪电、重力、岩壁、铁矿、铅矿、水银矿、锡矿和金矿;所有的森林;各种气候区的水果;各种习性的动物;耕作的力量;化学实验室结构;织布机的网;机车的阳刚之气;所有伟大和微妙之物,如矿物、气体、醚、激情、战争、贸易、政府。人各有所长,如果人类能够善待大自然赋予的宝贵资源,并充分利用,就会改造世界、造福人类;反之,只会自食其果。

民族强则国富,撒克逊人树立了典范。撒克逊商人是世界的,得益于金钱上的独立。他们没有对政府分发面包的依赖、没有氏族制度、没有靠酋长收入维系的生活方式、没有联姻裙带制度,但每个人都必须承担应尽的义务和责任,相信只有靠自己才能创造英格兰的繁荣和平,才能立足于世。

经济主题本身与道德混在一起,是否认识到这一点决定一个人的独立性能否得到保障。如果说暴富使人道德损坏,贫穷同样也会使人卑微,也就是古语所云:"人穷志短。"债台高筑时,叫人怎能不卑微呢?在美国华尔街流行的论调是:对于一个百万富翁来说,很容易做到恪守诺言,讲究信用;但对于一贫如洗的人,很难指望他的道德和良知,又怎能做到忠信乐易呢?对于一个深陷困境的人,比如,当一个男人或女人被逼得走投无路时,没有人指望他能保持道德的完整与坚定,如伯克所言:"正直和美德是普通人难以负担得起的奢侈品。"他可以把物质基本需求和快乐固定在他喜欢的范围内,但是在规划自己的职业生涯时希望得到思想的力量和特权,他必须抑制自己的欲望。

常理上讲,人应该在所有的事情上都要尽力而为,同时也要做到量力而行。但可悲的是,天底下到处都是光说不做的轻佻之人,却怂恿美女和天才穿上他所设计的华服,去传递华而不实的言论和信息,从而压制值得尊敬的公众意识——"自食其力",这种邪恶的所作所为也将毒害子孙,遗患无穷,因为一个人不能不聪明,也不能太聪明。勇敢的工人如果不屈服于实际生活,他的举止可能会背叛自己的感觉,他必须用工作的价值取代丧失的优雅和仁慈。无论是做鞋、做雕像,还是制定法律,只要做好任何工作都会有特权,任何圆满完成的工作都让人感到自豪。他完全可以遵从自己的内心不去讨好别人,踏踏实实地工作终将是对自己最好的回报。

娴熟的工人站在运转如飞的机器前气定神闲,心境平和;艺术家的画如此逼真,使说三道四的人感到不安;雕塑家手下的雕像是如此美丽,它没有从市场上沾染任何污点,而是使市场成为自己的一个无声的画廊。年轻律师在错综复杂的案情面前是如此坚定,关注每一个细节,以他的理智和精力为蒂特尔顿烟厂打赢官司,为事务所赢得声誉,因此也声名鹊起。

在大城市里建立的社交圈往往是禁不起推敲的,因为它将财富视作社交工具。享乐的生活是如此浮夸,以至于浅薄的旁观者相信金钱万能,财富的最佳利用就是消耗,还要装出宠辱不惊的模样。如果这便是剩余资本的主要用途,那么必然招致民众的愤怒,于是,民众开始设置路障、烧毁城镇、向财富宣战。理智的人会尊重财富,认为财富是大自然对他们的同化,是大自然的汁液转化为人类的营养。他们要的是力量,不是糖果;是执行其设计的力量,赋予其思想以翅膀的力量。对于一个目光敏锐的人来说,宇宙的存在不过是利用所有的资源创造力量。哥伦布认为"地球的形状对于航海是一个阻碍",大胆地做出了许多违背几何常识的设想,获得了国王和人民的支持。这个星球上很少有人比他更真正地属于这个世界,但仍然不得不在地图上留下大片空白,很多问题悬而未决。但不可泯灭的是,他开辟了航海的先河,供后人继承和发展。

于是,那些来自煤矿、电台、磨坊场和勘测所的人在商场和办公室大谈特谈他们的项目并热衷于建工厂,因为梦想一夜暴富,于是四处游说,费尽口舌,引诱人们投资。这是少数投机天才为获得世界利益而进行的疯狂行为,公众利益蒙受损失。这些理想主义者按照自己的想法行事并变得专制,也会遭到同样物欲横流的其他投机对手的反对。这种平衡通过理想主义者和投机对手的对抗来保持,就像受到自然公平分配原则的影响,森林中的一棵树压住另一棵树,两棵树都无法吸收地上所有营养。大自然提供给铁路总裁、铜矿矿主、高速公路管理者、烟草大亨、消防队等各路豪杰致富机会,也会给别的行业一条生路。所以,最终受益者还是公众群体。

  那些拥有巨额财富的人好像拥有一张可以纵横天下、结交各界名流的门票。可以游览名山大川,周游世界。无论是尼亚加拉大瀑布、尼罗河、撒哈拉大沙漠,还是罗马、巴黎、君士坦丁堡,都可以尽享风光无限。似乎人类一切的艺术、科学、美景及便利设施都期待他的恩典。洪堡的《宇宙》一书的读者跟随他的步伐,眼睛、耳朵和心灵都被武装起来,他帮助人们增加人类共同财富的存量。德农、贝克福德、贝尔佐尼、威尔金森、莱亚德、凯恩、莱普修斯和利文斯通也是如此。萨迪说:"富人总是活在人们的期待中。"他们把世界上更多的东西带入了人们的生活,凡是乡村、城镇、海边、山顶、遥远的西部和欧洲古老的庄园都留下他们的足迹,世界属于勇于闯荡的富人。当他来到海边,一艘豪华的大船就为他铺好了地毯,供他横渡波涛汹涌的大西洋;在暴风雨的恐怖中,大船变成了一家豪华的旅馆。正如波斯人所言:"富人的一只鞋用去的皮革可以铺满整个地球。"可谓道尽富人生活的奢华。

  民间传言:国王有长长的手臂,可以从太阳、月亮和星星上摘取他的生命,以及他生存的工具、力量和知识。难道不是我们每个人都可以有长长的手臂,去摘取心中的目标?致富的要求难道不是合法的吗?然而,我没有看到哪个富人达到期待的富裕程度,或者说真正地主宰大自然。

  人类的财富缔造了不同时期的文化,人们受发财的欲望驱使去控制大自然。像罗马的恺撒、利奥·德钦、法国的国王、托斯卡纳的大公、英国的德文郡主,他们都是富人的代表,他们从唐利、弗农和皮尔的财富中汲取文化,带动了属于自己的时代。几乎所有人都对梵蒂冈和罗浮宫华丽的艺术作品充满了兴趣,但大英博物馆、法国植物园、费城自然历史学院、牛津大学、安布罗西学院、皇家图书馆和国会图书馆都符合全人类的利益。同样,探险远征也符合全人类的利益。库克船长环游世界,罗斯、富兰克林、理查森和凯恩等人寻找磁极和地极,他们对地球表面纬度的测量,对后人也具有更为重大的意义。人类变得更富有了,航海图使航行更安全,我们对宇宙系统的探索也更有底气,人类的生活变得更美好,只是缺失了当初的节俭之风。

虽然每个人的利益不仅在于生活的安逸和方便,而且在于财富或剩余产品应该存在于某个地方,但它未必需要一定掌握在他的手中。歌德说得好:"只有那些理解财富内涵的人才配得起富有。"有些人生来就适合拥有财富,并为财富注入活力。其他人则不然,尽管他们腰缠万贯,却毫无优雅可言,他们的拥有是不地道的;他们似乎窃取了自己的红利。只有那些善于管理的人才值得拥有财富,他们为更多人创造了工作机会,为所有人开启了一扇门,打开了一条路;而那些囤积居奇,倒买倒卖的人则是富得只剩下钱的精神乞丐。因为他富人民富,一旦他穷困潦倒,民众也会变得无助无望。同时,如何让所有人都能接触到艺术和自然的杰作,是文明的问题。现在不仅富人能享受社会带来的文明福利,所有人都可以享受。例如,给每个人提供科学仪器和艺术设备的使用权。每个人都希望看到土星的光环、木星上的卫星和火星的彩练,还有月球上的山脉和火山口,但真正能买得起天文望远镜的人却少之又少,也几乎没有人愿意费力去保持秩序来展示望远镜带来的美丽。我们每个人都可能有机会查阅不屑于拥有的书,如百科全书、字典、表格、图表、地图和公共文件,还有鸟类、野兽、鱼类、贝壳、树木、花卉的图片,但有能力购买与保存这些宝贵材料的人又有几何呢?

对有修养的人来讲,财富就像音乐一样具有积极的影响,任何其他方式不能替代。但是图画、雕刻、雕像和铸件,除了它们的最初成本之外,还需要诸如展览画廊和保管员的高额开销;普通人很少有机会能利用这些艺术品,而它们的价值也正是在于受众群体的比例。而在古希腊城里,这种情况是不存在的。古希腊人认为,艺术属于全体人民。我有时想,我能不能只按我自己的方式拥有音乐——我渴望住在大城市里,每当我希望让音乐涤荡心灵时,随时随地可以沐浴在音乐里,陶醉在音乐里,怡然自得。

在欧洲,封建制度为确保某些家庭财富的持久性,鼓励家庭财富向公众开放。甚至如果这类财产归州、镇和中学所有,邻里关系和公众关系也就越发密切,这正是城镇存在的真正目的:公众财富越多,人们的生活越富足。但是在美国,情况不同。人们相对更重视私有财产,每个庄园都被分成若干个小部分,多年后,公众可以进入这些私有者的属地,庄园主享受为公民提供文化和灵感的自豪感。

人生来就是富有的,或者说思想只要合乎常理,运用自己的能力一定会变得富有,财富是智力的产物。要想获得财富,需要正确的推理、敏捷的头脑以及持久的耐心,文明劳动能够取代原始劳动。无数精明的人在岁月的长河中,发现并运用了各种简洁有效的做事方式,艺术、文化、收割、雕刻、制造、航海、贸易等各行各业积累的技能,奠定了今天世界发展和进步的基石。

商业艺术或经营艺术是一种技巧游戏,并非每个人都是赢家,几乎很少有人能够游刃有余。优秀的商人是那些被我们称为具有常识意识的人:他们尊重事实,走进事实,眼见为实,再下结论,他对算术的真理深信不疑。一个人的好运或厄运总是有原因的,赚钱也是如此。人们谈论这件事时,就好像有某种魔力,并且相信生活的各个方面都有魔力。有钱人的发财之路遵循一定的规律,他们的信条是一分钱一分货,有因必有果,交易必有盈利,投资必有回报。好运是坚韧不拔的另一个名字。优秀的商人力求每一笔生意都不失手,财富才能集腋成裘。他们精打细算,诚实为本,实事求是。优势在于:无论在当地贸易还是在异地远程贸易中,在大型交易还是小型交易中,他们都能信守承诺,运筹帷幄,成功交易。他们是最终收获财富的冒险者。

成功的秘诀在于在理智和道德方面顺应世界法则,并善于应用理智和道德方面的世界法则。

金钱能够反映财富拥有者的本性和命运变化,它是测量民俗、社会和道德变化的精密标尺。一个农夫珍惜每一张美元票子,这是有原因的。因为对于他来说,每一张美元票子都来之不易,他深知那是他每天劳作,累得腰酸背痛、筋疲力尽换来的。他知道,一张美元票子代表了多少土地、多少风霜、多少阳光。为了得到美元,他需要付出百倍的谨慎和耐心,多少次锄地、多少次挥汗如雨历历在目。倘若你偷走他的美元,就等于偷走他的辛劳,偷走他的一切。在城市里,钱来得不算艰难,譬如在牌桌和赌场上也能轻易赢来,所以不被看得很重。农民对金钱的珍惜和渴望,实际上就是基本生存的需要,只求生活踏实而已。

如此看来,农民手里的美元显得沉甸甸,公务人员手里的美元却轻巧灵便,从口袋里出入,在纸牌和法罗牌桌上交易,但更奇怪的是,它对社会变化极具敏感性,它是社会风暴的最佳晴雨表,能够预示革命的到来。

文明进步使每个人手里的金钱不断增值。在加利福尼亚这个富庶之地,金钱能换来什么?在西伯利亚,金钱除了能减轻一点儿痛苦之外,今天几乎买不到什么东西了。在罗马，它可以换来美丽优雅和壮观辉煌。四十年前，一美元在波士顿买不了多少东西。现在，由于铁路、电报、轮船以及纽约和整个国家的同时期发展，一美元却能在我们的老城买更多的东西。然而，大城市的人们难道就满足于现在的拥有吗？佛罗里达的一美元在马萨诸塞州不值一美元。一美元不是价值，而是价值的代表，甚至是道德价值的代表。一美元是根据它能买到的谷物来估价的，或者严格地说，不是根据一般的谷物或房屋来估价的，而是根据雅典的谷物和罗马的房屋来估价的——根据我们的智慧、正直和力量来论价值的。财富是精神层面上的，亦是道德层面上的。一美元的价值是买值一美元的东西；一美元随着世界上所有的天才和美德的发现而不断增值。大学里的一美元比监狱里的一美元值钱；在一个温和的、民众素质高的守法社区里，其价值远远超过赌场和黑社会群体中的一美元。

《验钞机》一书的出版具有相当大的现实意义。但是现在的美元，白银或者纸币，本身就是它流通对错的检测器。它不就是随着公正程度的提高而瞬间增值的吗？如果一个商人拒绝出售自己的选票，却坚持某种令人厌恶的权利，那么他在马萨诸塞州就会赢得更多的公正和平等，他在这个州的每一英亩土地都更有价值。如果你把道富银行十个最诚实的商人换成十个流氓去控制同样数量的资本，保险费率就会出现恶果，银行的信用度也会下降，高速公路将不安全，学校将面临负面影响……法官将会判错案，失去公允。这一切说明他失去了大多数人的支持和约束，而这一切正是所有人都需要的。苹果树是容易生存的物种，如果你每天从它的根部挖出一堆沃土，在树根周围放上一堆沙子，时间久了，你想会有什么样的后果呢？如果你从一个实力雄厚的团队中将一百个好人换成一百个坏人，或者引入一个令人沮丧的管理机制，难道不比苹果树"笨"多少的美元不会很快发现其中的端倪吗？团队将会何等惨败呀？一美元的价值是由社会创造的,它应该得到社会的公认。每一个城市的初来乍到之人,只要具有赚钱的本领,他的劳动就会给这座城市带来新的价值。如果这个人还拥有高智商,更重要的是,同时具有更高的道德标准,那他还会给这个国家带来无限的价值,创造更多的财富,而且,有用正直的品行去阻止引起各国事端的犯罪可能。在欧洲,犯罪率随着面包价格的上涨或下降而波动。如果巴黎的罗斯柴尔德家族没有了支付账单的能力,曼彻斯特、佩斯利、伯明翰的人民就会被牵连,爱尔兰的地主就会被击毙,这一点警察证实过。与此同时,这种局势的巨变也会波及纽约、新奥尔良和芝加哥等地。另一种可能就是,经济问题带动政治改革者的某些举动,平民百姓的生活一样受到某种影响。罗斯柴尔德如果拒绝俄罗斯的贷款,和平会得以实现,收成会得以挽救。但是,因为他接受了俄罗斯的贷款,大部分人陷入了骚动,也带来了战争,导致了一系列可怕的后果,最后爆发了革命,一切以新秩序、新制度的建立而告终。

　　财富可以维持自身的制衡,不干涉原则是政治经济学的基础。供需关系的自我调节是唯一的安全规则,不要立法！不要干涉控制！如果一定要用制度来干涉,就要永无止境地去制定节制消费的规则,折断筋脉,费尽心思。你要制定平等的法律,来保障民众的生命和财产,其实无须付出额外的代价取悦讨好别人,更不需要施舍他人。当你为才智和美德打开机会之门时,它的自我调节作用也会显现出来,财产自然也会流入你的手中。在一个自由公正的国度,财产自然从懒惰和愚蠢的人涌向勤劳勇敢和坚持不懈的人。

　　就像海平面不是靠海水自身形成,电动玩具需要电池的能量才能运转一样，自然法则需要通过贸易往来发挥作用。同理，只是通过单纯的需求和供给来保持价值平衡是很难的，如果不遵循自然法则，人为或立法强制干预只能造成通货膨胀，供大于求，甚至破产来惩罚自以为是的操作者，至高无上的自然法则在原子和星系中发挥着无关紧要的作用。谁知道在获得或消费一片面包和一品脱啤酒的过程中会发生什么；尽管消耗了所有的食物，也就等同于没有浪费，以平衡交换的方式补充到另一个地方，更重要的是教会帝国预算，学会遵守政治经济学原理。小微经济的利益是宏观经济的象征，每一座房子的交易方式，每一个商人的赚钱之道，都符合整个自然界的取舍法则；而且，无论我们多么警惕彼此之间的互骗谎言和卑鄙伎俩，只要彼此的交易已成定局，每个人都有一定的满足感，就会看到交易本身就是价值。制造商说，你的纸不够细或者不够粗糙，太厚或者太薄，这都为你提供了他想要的厚薄标准让你去改进。他不在意你是用哪种类型的纸张，他只在意它规定的价格标准。很多钱换来一磅纸，你有权利把它做成你喜欢的任何图案。

所有交易中都有一种自我调节机制，可以取代讨价还价，取代相互摩擦。你要租房子，但条件是必须便宜。房主可以减少租金，但这样他就无法进行适当的修缮，那么你自然而然就选择不租这个房子，结果只能租到更糟糕的房子；此外，房东和房客之间往往彼此不信任。比如，你解雇了工人，并对他说："帕特里克，如果需要我还会雇你。"帕特里克心满意足地离开了，因为他知道杂草会随着土豆一起生长，下周必须种葡萄，那时候无论你多么不愿意雇人，你也会来找他。谁都不要指望轻而易举地获得劳动力，从而实现发财致富的伟大事业。显然，木工、锁匠、花匠、牧师、诗人、医生、厨师、织布工、马夫都有物尽其用、造福人类的价值。

在圣·迈克尔,如果一个梨可以卖一先令,就要额外付出一先令成本提高它的价值。在波士顿,如果12个梨是一先令,那么只需承担一先令6个梨的风险。你可能想不到你花一先令投资一个好梨子,却使整个社区损失了一大笔钱。一先令代表一个梨子结交的敌人数量,以及使其成熟所要面临的风险。煤的价格显示了煤田的狭窄,将矿工强制限制在某个地区。

有人可能会说,万物的价格都是一样的,没有高低贵贱之分;我们所看到的明显的不平等,不过是商家在讨价还价中掩盖损失的伎俩。金钱往往太昂贵,而权力和乐趣也更价值不菲。

谈到财富的积累,有几项经济措施是值得一提的,并且值得不厌其烦地提示大家,因为这个问题很敏感。我们很容易有太多的问题,就像我们的身体是由长得很丑的动物细胞组成的,这些动物细胞虽然特别令人讨厌,但却构成了宝贵而有效的整体,我们的天性和天赋促使我们在使用手段的同时尊重目的。我们必须使用这些手段,然而,在使用过程中,要以某种方式准确地屏蔽和掩盖这些手段,因为我们只能通过反映目的的荣耀赋予它们各种形式的美。这就是好的头脑,它服务于目的,并指挥着手段,乌合之众被他们过于强大的手段所败坏:头脑放弃了目的。

首先,第一个措施是每个人必须根据个人性格决定他的消费水平。只要你拥有赚钱的本事和才干,哪怕你像皇帝一样挥金如土,你的投资依然稳赚不赔。大自然赋予每个人某种能力,使他能够轻松地完成其他人不可能完成的壮举,从而使他成为社会所需要的人,这种上天的安排决定了他的劳动能力和消费水平。把时间或大笔金钱花在有价值的事业上不叫挥霍,而把时间或大笔金钱花在毫无价值或不能创造出新价值的事情上才叫浪费。更有甚者,利用职务之便发国家的横财,这是职务犯罪,滋生腐败堕落,害民害己。我们美好的生活从正确的人生目标开始启航,只有树立正确的人生观和价值观,才能对社会有益,成为高尚的人。如果不这样,人类社会的发展和社会进步繁荣都是空谈和梦幻。

对于金钱和财富,老话说得好:该省的省,该花的花。骑着单车去酒吧!钱必须得花在刀刃上!画家奥尔斯顿谈道,他建造了一间简朴的房子,里面只摆了几件朴素的家具,因为他不愿迎合别人的品位,别人来只是访客,只要住的人自己快乐舒心就好。其实,我们每个人都像孩子一样,想要拥有看到的一切,也就走上了独立、自助、自立之路。让一个属于贵族阶级的人,也就是那些发现自己可以做某事的人,把自己从所有不属于他的东西上的模糊浪费中解脱出来。思想家蒙田说:"青春年少时,你穿着花花绿绿的奇装异服,别人也不会指指点点,一旦上了年龄,情况就不一样,需要对自己的装束负责了。"当然,有钱有闲的贵族阶层如果能脱离低级趣味,杜绝浪费,摆脱奢侈浮华的生活,认识到应该并能够有所作为,为社会做出奉献,那该是多么好的一件事!现实告诉我们,我们不应该只注重表面现象,而应该理性地对待社交中的交际方式。不要过度追求浮夸虚荣,节俭是一种美德,理应受到社会的尊重。

再说谦虚。谦虚是另一种美德,但不要过度谦虚,适度的骄傲也不可或缺。没钱人也要有傲骨,只要没有任何恶习存在,不贪图虚荣,内心的满足感是人最大的骄傲。可以凭借自己的劳动心满意足地生活。哪怕是寒舍陋室,哪怕是粗茶淡饭,可以在田间劳作,可以徒步旅行,可以不卑不亢地和别人交流。爱慕虚荣,挥金如土则反会艰难于世,内心压抑和空虚。

艺术有时令人不可思议,如果一个人有绘画、诗歌、音乐、建筑方面的天赋，他在生活方面一定不是一个好丈夫，也不会是好爸爸和好儿子。他认为有些职责会束缚自己的自由，也会使他狼狈不堪。二十年前，在这个地区的知识分子中，流传着一种渴望踏上这片土地，把耕作与智力追求结合起来的热情，叫"阿卡迪亚"狂热。许多人实现了他们的目的，进行了实验，有些人成了彻头彻尾的农民，所有人都实现了他们用自己的双手将学术和实际耕作结合起来的理想。

让瘦弱的学者们坚定地离开他们的书桌，在花园里散步，呼吸自由的空气吧！想想该如何将自己的发现客观公正地表述出来吧！弯腰拔掉一棵草或一根玉米也会使他兴奋，拔第二棵时看见第三棵，接着还有第四棵。于是，他从固定的思维中清醒了。其实，走进大自然散步本身有益健康，是令人惬意的一件事，如果长年累月生活在狭小的空间，只会令人萎靡不振。

第二条措施是我们应该有系统的财务预算，根据自己的财力和能力花钱。大自然按规则行事，我们的消费也一样有规律可循。只攒钱不花钱并不能挽救濒临破产的家庭，多丰厚的收入也无法承受一个人的挥霍无度。成功理财的秘诀不在于金钱的多寡，而是能摆正收入与支出的关系，收入很少，但能源源不断地有所积累，财富也会日渐增长。反过来，花钱如流水，再多的收入也会有尽头。当马铃薯遭遇霍乱传播时，种植更大的作物有什么意义呢？精明的观察家们告诫我们：在英国这个世界上最富有的国家，那些贵族收入颇丰，却没有多少人将金钱用在慈善事业，也没有合理理财，依然会债务缠身。也许是因为平时的奢侈和浪费，他们没有将更多的钱财施舍于贫苦大众。

记得在沃里克郡，我考察了一座美丽的庄园，它古朴典雅。庄园每年能收取房租约为1.4万英镑。但是，当庄园主的次子出生后却不知如何养活。按照当地继承法,长子应该继承这个庄园,但二儿子呢?他已经没有能力建造第二个庄园了,这说明巨额收入也不能改变什么。人们注意到,飞来之财,比如中彩票、继承遗产也不能永久,不能使人真正富起来。有的人一夜暴富,但他们不知如何正确运用财富或遏制需求,很快也会化为乌有,真是消失的速度和来时的速度一样快。

每个经济体是系统的,单一经济或权宜之计都于事无补。农场的运行始终不需要工资或商店,因此,耕牛的重要性不可替代。如果言而无信或贪心的农民嫌养牛麻烦,却需要牛耕地,只好租借别人的耕牛。庄园里的生活必需品也是自产自销。生病了,邻居会来帮忙;农忙时更是互相合作,你帮我锄土豆、割干草,我帮你割黑麦;大家都没有钱去雇人,也不需要雇人。秋收后,农民可以卖掉牲畜,然后得到一点儿钱来纳税。现在,农民几乎可以买所有消费品——锡器皿、布、糖、茶、咖啡、鱼、煤、火车票和报纸。

每个行当都需要一个好手来把握规律,因为实践从来不静止,似乎在你手中都能千变万化。你认为农场建筑和广袤的土地是不变的,但它的价值像流水一样,变化多端。你要像从酒桶里倒酒一样格外留心,精明的农夫知道该如何不漏酒,莽撞的人会倒洒了。投资也是同理,一不小心,连本带利瞬间血本无归。

克林先生在乡下租了一间小屋养牛,认为只需要每天两次喂一些干草就可以产一桶牛奶。但是三个月后发现奶牛不产奶了,于是就把奶牛处理掉,买了耕牛。但三个月过去了,耕牛瘦弱不堪,于是他卖了耕牛,改为种树。但是种树必须有庄稼来保持水分,他就种了庄稼,结果树木不能根深叶茂,又种了草,也不能如愿。一两年后,翻草重种,结果草也枯了,庄稼也死了。可笑的克林啊!对投资一窍不通,投资对象出现偏差,缺少时间关注投资,谈何发财致富?

　　第三条措施是不可随意设定计划,必须小心行事。规则不是发号施令,万物都有自身规律。只有善于观察的人才能发现规律,掌握规律并加以运用。不需要强制因素,顺其自然最好。我不懂如何种地、如何种树;也不知道在购买木材时如何处理房屋或田地。不要害怕:耕地、种树的事,要顺应天时;买房、买家具的事你不懂别人会懂,听他们的意见即可。大自然有大自然的运行规律,我们只需睁大双眼,倾心聆听,不与其规律背道而驰就不会遭受惩罚。我们知道外科医生的手术艺术吗?他们在替换断裂的骨头时,竟然只需将它从错误的位置释放出来即可,断裂的骨头在肌肉的作用下飞到原位,我们所有的艺术都依赖于自然艺术。

　　两位杰出的工程师最近在英国修建铁路:布鲁内尔先生的铁路穿过群山、溪流,穿越公路,将公爵领地一切为二,穿过人家的阁楼窗口,到达终点。铁路勾勒出完美的几何大观,美轮美奂,同时也保护了环境,但他的公司为此赔了不少。相反,史蒂芬森先生相信河水沿着河谷引路,就像我们的西部铁路一样,他顺着河岸修铁路,既安全又省钱,结果,史蒂芬森成了最权威的铁路设计师。1820年,他在赫顿煤矿的一条八英里长的轨道上建造了第一条全蒸汽动力铁路。据说,波士顿野牛可以引路,经过牧场的行人都会感谢牛,因为它们开辟了穿过灌木丛和山丘的最佳道路。旅行者和印度人都知道水牛小路的价值,它是穿越山脊的最便捷通道。

　　一个刚从码头广场牛奶街出来的市民去乡下买房子时,想要有良好的窗外景观。设想他的书房能看得见西边的风景和日落,能沐浴蓝山、瓦丘西特山腰,乃至莫纳多和安卡诺恩山峰上的阳光,爽爽的山风吹拂面庞。一问价格,三十英亩才一千五百美元!喜悦的泪水模糊了他的双眼,他毫不犹豫买下。但是,门前没有公路,需要数百车砾石填满门前的坑坑洼洼,房子也没有上下水。好嘛,房子也别买了,放弃吧!白白损失了一大笔钱。买房的城里人和农民都是太看重眼前利益,没有预想到梦想破灭的尴尬与痛苦。

同样,家庭也有独特的关系——主人和仆人、妻子和孩子、亲戚和熟人,如果有人期待通过某种力量和性格去改变现有的生活方式,那就大错特错了。假设丈夫在书中看到了一种新的生活方式,想在家里实战操练一下,好吧,让他回家去试试看,一定会屁滚尿流,一败涂地。

另一点是一分耕耘,一分收获。成功不是你征服了全人类,而是你通过努力找到了自己的同类。不要异想天开,以为奇迹会发生。友谊、公正会换来别人的友谊和公正。赫赫战功会换来熠熠生辉的军功章。好丈夫自然会拥有和睦的家庭,优秀的商人会获得大量的收益,譬如船只、股票和金钱等。才华横溢的诗人会为自己赢得荣誉,在业内获得尊重。然而,在这几点上,人们通常会期望落空。财富是实实在在的,勤俭的人财富越聚越多,奢侈挥霍的人财富越来越少。

某哲学流派认为,人是有等级的。首先,世界上没有什么东西不在他的身体里重复,他的身体是世界的一种缩影或总结;然后,他的身体里的一切就像在天体里一样在他的头脑里重复,再次,他的大脑里没有什么东西不在他的道德层面或者更高的领域里重复。

归根结底,财富事情在本质上是这样的:万物升腾,至高无上的经济规律也应该是上升趋势,或者说,无论我们做什么都必须有一个更高的目标,即志存高远。我们应该牢记这样一句箴言:"财富如血液一般宝贵,不要铺张浪费。"对商人来说,诸如"金钱的最佳用途是偿还债务"

"生意是做出来的""机不可失,失不再来""正确的投资是最好的赚钱方法"等口号,并不能反映深刻的道理,但可以升华为生活的准则。

宇宙定律告诉我们:金钱是心灵的一个粗略象征。它是为权力而花钱,而不是为快乐而花钱。如果对生活进行投资,要把特定的东西变成一般的东西;也就是将文学生活、情感生活和日常生活集中到一起,一定会获得丰厚的回报。商人的法则只有一条,即吸收资本,然后投资生财,成为资本家。废料和锉屑必须收集起来,加以提炼;收入不能用于增加开支,全部用于消费,而必须再次用于资本再生。嗯,这个人一定是资本家。他会花掉所有利润,还是将利润用于投资?他的身体和每一个器官都在受同一个法则支配。他的身体是生命之源。花钱享乐吗?这样很容易,但毁灭起来也很快。那么赚钱不花,全攒起来吗?消费应该物有所值,讲究适度与节制。根据自然界规律,万事万物都会向更高的平台攀升,食物会转化为肌肉,体力会转化成精神和道德的活力。面包满足了人最低的需求,然后变成意象和思想;再经过积累和修炼,就变成勇气和耐力。这是真正的理财之道,是一种高层次的财富观,财富不断地翻倍增长。

真正的节俭是在满足第一层次需求后,不断地投资,最大限度地满足精神需求,从而创造思想财富,这是充满智慧的财富意识。而不是单纯地物质享受,除非通过自身能量的增强而感到快乐,体验生命的活力。一切表明:我们已经踏上一条通往最高境界的发财致富之路。

生活的准则——行为举止

在有生命迹象的形象、运动和姿态中,赋予自然界以活力的心灵表现并不逊色,清晰流畅的表达载体是语言,而更重要的最终载体却是无声胜有声的行为举止。生命是一种表达。一尊雕像不会也不需要言语。优美的画面不需要慷慨激昂的演说,也不需要华丽的辞藻来解说,画面本身会告诉人们它自身的秘密。人也如此,你的形体、态度、手势、风度、面容以及整个机体的行为,都在述说着你的一切。由生命的个体和他的意志结合而产生的举止或行为,我们称为风度。那么什么是风度呢?风度支配人身体的运动、表达的语言和深邃的思想。

做任何事情都有一个最好的方法,比如煮鸡蛋时掌握火候很重要。行为举止是快乐的行为方式,每一件事都曾是天才或爱的杰作,重复再三就成了习惯,习惯就成了自然。生活中许多处事方式被逐渐淘汰了,只有小部分的行为举止被普遍接受并广为流行。露珠停留在花蕊和草地表面,给清晨的一切带来了更多遐想。行为举止也是表层的东西,但它本身却赋予人们梦寐以求的感染力。天才发明了优雅的举止,在《罗曼史》中,康苏埃洛夸耀她给贵族们上的舞台礼仪课;在现实生活中,塔尔玛教会了拿破仑行为艺术。普通的男爵和男爵夫人也很快学会效仿,并凭借他们的社会地位打出样板教会他人。

行为举止的能量像火一样无法掩饰,取之不尽,用之不竭。在任何国家,高贵的气质都无法掩盖,封建王国如此,共和政体或民主制度的国家也如此,没有人能抗拒高贵带来的影响。文明社会的文明人类学会了某些具有非同凡响的礼仪。一个人尽管没有美貌、财富和才华却举止文明，他或她就必然受到欢迎和尊重。教给男孩高贵的谈吐和各种技能吧，他就有了能掌控所到之处的权力和财富的能力。将那些胆小、腼腆的女孩送到寄宿学校、马术学校或者是其他能够接触到优秀女性的地方，她们可以学习如何讲话、如何感受和学会谈吐高雅。一个时尚女性的领导能力、鼓动能力和震慑他人能力源于她们相信自己的认知能力远远超越他人，但当别人了解到她的过人之处后，学会了与她抗衡，也能沉着应对局面。

她们有条不紊，充满人文关怀地掌管着事业，影响着周围的人改掉粗鲁的行为举止，变得温文尔雅、落落大方。平庸圈子的人们要学会适应高度自然状态或文化状态。她们的举止经得起检验和怀疑，不断完善，得到各界的一致认同并被大众效仿，然后流传至今。

接下来谈谈和我们息息相关的公共场合的行为举止。上班时，我们和志同道合的同事一起工作交流，感觉充实。下班后，我们休息放松，开启新的模式——社交场所中行为举止互不冒犯，温和礼遇。我们要深刻思考举止行为鼓舞人心的力量：举止行为的培养包含人和人之间如何相互推荐、如何相互吸引，甚至在一些会所中，有专门的礼仪师培训会所成员，并引导雄心勃勃的年轻人发财致富；大多数情况下，掌握了礼仪就意味着掌握了成功秘诀，就有了高雅的行为和催人向上的品格，这些技能的掌握，预示着人生的路越走越宽。人人变得仪态万方，内心强大，生活如意。

在人类历史的早期，人类的道德观念处于雏形阶段，行为举止的作用微乎其微。但它毕竟是人类文明的开端，初步塑造了人性，值得我们赞美；人类退化了动物的兽皮并摆脱了动物的习性，开始直立行走，洗去身上的污垢，裹上了避羞的衣衫，克服彼此的怨恨和吝啬。学会制止卑鄙的情感，感受宽容和慷慨慈善的行为带来的愉悦。

我们的社会中充斥着粗暴鲁莽、愤世嫉俗、焦躁不安和浅薄轻浮的人，总是欺压别人。法律无法约束和制裁恶习，但是，公认的社会道德观念却可以谴责伤风败俗行为和心术不正之徒，发挥社会舆论的正能量。公共场合和私下里反对和诽谤社会规范的犬儒主义捍卫者屡见不鲜，他们认为，对任何过路人咆哮是狗的尊贵职责，并通过狂吠吓跑造访者来维护房子的尊严。我见过这样一些人，当你反驳他们，或说一些他们不能理解的话时，他们会像马一样嘶叫不已。还有一些卑微恶劣之人，不请自来家中造访，喋喋不休、唠唠叨叨，自怨自艾，品头论足。

密西西比河沿岸的旅馆几乎都写着这样的房规：任何绅士都不允许赤裸上身在公共场所就餐。查尔斯·狄更斯更是以奋不顾身的牺牲精神对难以言喻的美国式行为方式进行了变革。我想这一举止行为大课并没有全然白上，它将不良恶劣行为揭露了出来，让孩子们辨别什么是礼貌行为、什么是粗鲁行为。其实，本来没必要在阅览室里贴上一条警告陌生人不要大声说话的告示，也不需要告诫看精美版画前将蜘蛛网处理掉，无须提醒看大理石雕像的人不要用手杖击打石像。但是，即使在文明程度高的城市艺术馆和国家图书馆中，这样的警告也是完全必要的。

礼貌是人为的，是环境和性格的产物。如果你看看不同时期、不同国家的贵族和农民的照片，你会发现他们与我们城镇中的同一阶级有多么匹配。现代贵族不仅被高大的威尼斯狗、罗马硬币和雕像所吸引，而且还被佩里准将带回日本政要家的照片所吸引。广袤的土地和巨大的利益不仅降临到管理者身上，而且形成了追求权力的各式花样。敏锐的目光既能辨别人的社会地位，也能从举止上看出底层百姓对高层人物的敬仰尊重或卑躬屈膝。如果王子每天都受到达官显贵的讨好和推崇，就会产生一种相应的期望，并以高贵的行为举止回应敬意。

总有一些特殊的人和处事模式。英国的大人物羡慕普通农民的生活方式。克拉弗豪斯是个花花公子，衣冠楚楚和轻浮油滑的外表下，隐藏了他对战争的恐惧。但是，大自然和命运为每个人和每种品质都不折不扣留下印记。也许这个雄心勃勃的克拉弗豪斯无拘无束的举止可以欺骗外界，掩饰真实的内心。人们啊，不要被表象欺骗。

外表柔弱的人往往意志坚强。一位马萨诸塞州老政治家，一生都是大法官和国家要员，面部、声音和举止都一直显示出极端的烦躁：他破锣一样的嗓子和他的尊贵完全不匹配，时而嘶哑，时而破裂，时而气喘吁吁——他一点儿也不在乎，他知道只有这样的声音才能淋漓尽致地表达他的迥异观点和义愤填膺。说完就坐下，他似乎处于一种痉挛状态，用双手扶着椅子。但在这一切烦躁的背后，是勇往直前的坚强意志，他依然思维清晰，逻辑缜密，每一个事实都在他的意志的掌控之下。

文化内涵滋养的礼仪很大程度看起来显得虚化，但没有礼仪的文化更是虚无缥缈。旧世界封建和君主制结构的基础就是对血缘关系的顽固偏见，这种论调有一定道理。每个人，无论是数学家、艺术家、士兵还是商人，都会满怀信心地寻找自己孩子身上的某些特质和天赋，而这是他不敢在陌生人的孩子身上假设的。

人类行为举止的历史其实就是人的身体奇妙表达能力的再现。如果说人的行为举止是由玻璃或空气制成的，而思想则写在内部的钢板上，行为举止不会比思想更真实地表达意义。聪明的人可以从你的神情、步态和行为中非常敏锐地读出你的个人历史。整个行为举止的简洁形式都倾向于表达,如俗话所说:"告密者浑身都是嘴。"人就像日内瓦表的水晶表面,暴露了整个机芯的走动。他们用这些漂亮的瓶子盛放着上下流动的生命之酒,并向好奇的人宣布这是怎么回事。脸和眼睛揭示了我们的心灵在做什么,它有多么历久弥新,心有所望,而忏悔的眼睛往往会最毫不迟疑地暴露我们的内心世界。

人的眼睛不能总盯着太阳,到目前为止也是这个结论。在西伯利亚,一位已故的旅行者曾经发现,有人能用裸眼看到木星的卫星,动物在某些方面甚至胜过人类。鸟类有更远的视野,此外,它们的翅膀还具有较高的观察优势。母牛可以通过秘密信号(可能是眼睛的信号)命令她的小牛逃跑或者躺下躲起来。骑师们谈到某些马匹时说:"它们可以俯瞰整个地面。"户外的生活、狩猎和劳动给人类的眼睛带来了同样的活力。力大如牛的农夫虎视眈眈地盯着你,一双眼睛像上了膛的子弹一样威胁人,也可以像嘶吼或踢打一样侮辱人;或者改变心态,通过善意的光束,可以让人的心灵快乐起舞。

人的眼睛完全受大脑的支配。当一个念头冲击着我们,眼睛就会定格并凝视远方;当列举人名或法国、德国、西班牙、土耳其等国名时,你的眼睛一定会至少眨一下。头脑的思考没有精确衡量尺度,而眼睛的精确性是没什么能匹及的。米歇尔·安吉洛说:"艺术家的量具不是在手里,而是在眼睛里。"无论是在懒散的视觉中(健康和美丽的视觉),还是在紧张的视觉中(艺术和劳动的视觉),它的表演都没有止境。

眼睛可以像狮子一样大胆游走、奔跑、跳跃,在此处和彼处,在近处和远处。眼睛能说各种语言,不需要任何介绍。它们没有国界,没有年龄或等级差别;它们既不蔑视贫穷,也不尊重财富,既不尊重学识,也不尊重权力,既不尊重美德,也不考虑性别,而是接二连三地闯进来,瞬间穿透你。生命和思想以排山倒海、压倒一切之势,从一个心灵进入另一个心灵,施展天生的魔力,在两个完全陌生的人之间建立起神秘的交流,感动所有的奇迹之泉。眼神的交流在很大程度上不受意志的控制,它是自然界身份的象征。我们的眼神交流是为了验证另一种形式是不是另一个自己,而眼睛不会撒谎,忠实坦白地告诉我们那里居民的糟糕状况。一个低贱的、篡权的魔鬼在那里忏悔,观察者似乎能感觉到猫头鹰、蝙蝠的骚动,而他所寻找的是清白和朴实。值得注意的是,出现在窗前的心灵立即以新形式出现在看客的脑海中。

人的眼睛和舌头都会说话,好处是全世界都不需要借助字典就可以读懂眼睛的意思。当眼睛这样说,而舌头那样说时,有经验的人就会相信会说话的眼睛,因为真的有一种表情叫"言不由衷"。虽然嘴上说得天花乱坠,但有很多偷偷摸摸、蝇营狗苟的糗事都是由眼睛暴露的。

人生活在群体里,很容易发生这种情况:他什么也没说,也没有人对他说过什么重要的话。可是深邃的、犹如流动深井的眼睛却无法隐藏他的想法;好像其他生灵咄咄逼人、吞噬一切,似乎要呼叫警察出动,需要数百万人来保护个人免受其害。有带着疑问的眼神、坚定的眼神、迷惘的眼神,还有笃定命运的眼神——有些是好兆头,有些是邪恶的预兆。据说,眼睛背后有一种力量,能使人眼花缭乱,或使野兽变得更加凶猛。

确切地说:"眼睛能折射出人定胜天的意志。"每个人的眼里都清楚地表明他在芸芸众生中的地位,我们一辈子都在学习如何读懂眼神。完美的人应该具有独立的人格、慷慨大度、博爱仁慈。人类之所以难于屈服,是因为他们能够看到彼此眼底深处的浑浊,洞悉内心。

如果说人的视觉是一种力量的载体,那么,其他面目感官也有各自的功能。一个人脸上仅有的方寸之地,可以承载或反映他所有的先天特征，再现他所有的历史及愿望。雕塑家温克尔曼和拉瓦特告诉你鼻子的特征有多重要；它的形式可以表达意志的强弱，以及脾气的好坏。恺撒大帝、但丁和皮特的鹰钩鼻子特征是多么鲜明。牙齿也是精致的造物，智慧的母亲会告诫小孩笑不露齿，以免所有的缺点都暴露无遗。

巴尔扎克留下的手稿中，有一题为《步态理论》的文中说道："神情、声音、呼吸和态度或走路方式都是一样的，是因为没有赋予它思想表达方式，只有思想能同时守住这四种不同的表征。观察一个人，依靠思想说出你对他或她的认知，我们就能了解他或她的整体情况。"

我们之所以对宫廷感兴趣，主要是因为宫廷里有最完美的礼仪展示，在闲散而高贵的宫廷生活中，礼仪可谓上升到艺术的高度。宫廷里有一句格言："行为举止就是力量。"对朝臣来说，沉着果断的举止、优美的言辞、矫揉造作以及隐藏所有不适和不悦感觉是艺术必不可少的基本素质。

据说，王子总是微微低头是为了拉近和众臣的距离，显得礼贤下士，平易近人，以免众臣跷脚仰视。有的人非常懂事，为了不让家里人担心，总是报喜不报忧。据记载，已故的霍兰勋爵吃早餐时总是一副"刚刚遇到好运气"的神情，而在《巴黎圣母院》中，却有一位大人物总是心事重重地在台上坐着，大家都不敢直视他。

谦谦君子就是要你谦我让。礼貌也是相互才能长久。有的人主动去搭讪社会名流或才华横溢的学者，结果对方摆出一副冰冷的面孔，不予理睬，场面显得很尴尬。学者可能是有教养的人，但也未必都举止高雅，往往也有德不配位的时候。但是，如果发现学者与他的同伴不和，那就轮到"找事的人"上场，学者没有防御力，但必须按"找事人"的条件处理。这时候，学者必须依靠自己的个人力量来反击。

商界、政界及文化界的成功人士普遍拥有什么天赋性格呢？礼仪是权力的方式，可以看到他的天生丽质，以及符合他身份的举止。就像两个人在任何事情上相遇时发生的情况一样，一个人立即察觉到他掌握了情况的关键，他的意志理解了另一个人的意志，就像猫对老鼠一样，他只需要礼貌地向他的受害者提供善意的理由来掩盖情况的过程，以免遭到羞辱直至反抗。

在某种程度上，礼仪被冷嘲热讽地定义为智者为与愚者保持距离而设计的一种手段，有些人不追风礼仪也就不关注它。社会的本能敏捷地反抗、嘲笑甚至抛弃不讲礼仪的人。人们在这种折磨下长大和变老，却从不怀疑事实，孤独对他们造成极大伤害，因此自怨自艾。

良好举止的基础是自立，需要所有无私的人的法则。那些不自律的人会欺压我们，让我们痛苦不堪。有些人觉得自己属于草民阶层，他们害怕得罪人，弯腰道歉，迈着胆怯的步伐艰难过活。就好比我们有时会梦见自己和一个衣冠楚楚的人在一起，自己却是裸着的，所以，戈弗雷总是表现出好像他遭受了某种令人屈辱的境遇。

英雄往往外表无拘无束，自在逍遥，以外在的安全感和善意给所有人带来安慰，其实英雄是苦其筋骨劳其身。一个心智强大的人意识到，只要他为社会尽心尽力，灾难就能远离他而去。阿斯帕西亚说："欧里庇得斯没有索福克勒斯的优雅风度。但是，我们心灵的推动者和主人当然有权在属于他们的世界上，随心所欲地展现自己。"

礼仪需要时间的积累，因为没有什么比草率了事更粗俗。友谊需要仪式感和维护，而不是对其不理不睬。友谊需要更多的时间，而有些人因为工作太忙，通常无暇顾及这一点。罗兰向我走来，带着细腻的感情，像神圣的云彩或圣洁的精灵走来。可是，我却因亟须处理手头工作而无暇会晤这位老朋友,这对朋友双方来说都是缺憾。

透过光鲜的事物外表,现实才永远耀眼夺目,事物的真正内涵才浮现出来。坚强的意志和敏锐的感知力破除旧礼仪,并创造新礼仪。当下的思想比所有的过去都更有价值。

我们不注意与众不同之人的昙花一现礼仪,我们只对他们的行为方式感到惊叹,没有能力去观察他们的行为本身。然而,没有什么比认识到这些人行为的伟大风格更有吸引力。我们看不惯某些学者、企业家、参议员、教授或大律师在人前炫耀他们的财富、头衔、职务和人际关系,甚至冠以轻浮之名。其实,善待他们的名声,不恶意中伤他们的是一种谨慎的善举,他们有资格如此,值得拥有。可悲的是,当警察局长走进舞厅时,有些人胆战心惊,不敢装腔作势。这是两码事。

行为举止显示真正的力量,因而给人留下深刻印象。你会从一些人目标明确的行为举止感受到他的豁达和自信,而这种高雅的气质不是短时间内养成的,只是自然流露而已。假如一个人为某种目的装出举止高雅,你能看出他的做作;如果是真正无私地奉献爱心,你能从他的言行中看到爱的光芒。我们在某个寒冷的夜晚拜访了一位男子,他不是因为挖空心思钻营才得到爱和荣誉。他不仅身材魁梧,而且宽宏正直,他的同伴也深受其正能量的影响。

好的木匠没有尺子、木棍和链条也可以测量房屋或地块的尺寸:当你走进一所房屋,假设主人感到局促不安,说话慢慢吞吞,即使他的房子很宽敞,庭院很漂亮,对你来说都不重要,你恨不得马上离开。但是,如果这个人镇定自若、举止得当的话,在你眼中,他的房子就会真的无限宽敞,充满诗情画意。同样,走进陋室,即使主人衣着简朴,但他温文尔雅,笑面相迎,在你的眼中他如埃及巨像一样令人敬畏。有个地方的语言比桑斯克里特语还古老，亚里士多德、莱布尼茨、朱尼厄斯和尚波利安都没有给它制定语法规则，但即使不会说英语的人，也一样能读懂那里人无声的举止行为。那里的人见面时都会揣测对方，尤其是初次见面。那么如何在对方开口之前快速了解他的能力和性格呢？我们认为：能说会道不能说服人，他们的个性、他们是谁和他们迄今为止有什么样的言行才能使人信服。人们愿意听振聋发聩的演讲，甚至每句话都会喝彩。但当另一个人有理有据地反对他时，人们也会悟出其中的道理，直至被洗脑也一样为演讲者喝彩。

自立是举止行为的基础，因为它保证了能量不会在过多的炫耀中浪费。在这个普及学校教育的国家，我们有一种文化非常肤浅，就是大量地阅读、写作和表达。我们用诗歌和演说来炫耀自己的高贵，而不是使自己变得幸福。有一种只有领悟人生的人才能理解的千古名言："有些事情一定要秘而不言，这种价值谓不为人知的德行。"有理由相信，当一个人不能写诗来表达诗情画意时，也不一定靠写文章，也可以通过行为举止表达情感。雅各比说："当一个人淋漓尽致地表达完自己的思想后，似乎自己的思想也就消失殆尽了。"这是一条定律："一个人只有在非说不可的情况下所说的话才利人又利己。然而，一旦无所顾忌，滔滔不绝地敞开心扉，在别人面前极尽能力展示自己时，真的就在思想上打垮了自己。"

社会是展示风度的舞台，而形形色色的人，五花八门的行为举止是这个舞台上的一幕幕演出。行为举止记录着你的气度或气质，它的重要性源于这样一个事实，即行为举止渗透在生活的方方面面，使人们更加珍视生活赋予我们的一切。过去人们说话语气都比较粗俗，小说过去常常使我们对命运产生一种愚蠢的兴趣。过去男孩和女孩往往举止行为不高雅，有待提高。到了一定年龄要么立足社会，拥有足够财富；要么娶妻生子，要么在社会上一步一步地攀爬。其实，只有思想和美德才是成功的阶梯。

但是所有品格的胜利都是立竿见影并一劳永逸的，一切充满光明，每一个英雄逸事都使我们更加坚强。小说作品，如果说它们揭示人生奥秘，那就是说："生活中最美好的事是交谈，最大的成功是信心，或真诚人之间的完美理解。"这是法国人对友谊的定义，是完美的诠释。我们能与我们的同伴达成的最高契约是，"让我们两个之间永远保持真情"。这是所有优秀小说的魅力所在，正如所有优秀历史的魅力所在，英雄们从一开始就相互理解，忠诚交往，并对彼此深信不疑。感受和谈论另一个人是崇高的，我不需要和他见面，不需要和他说话，也不需要给他写信。我们不需要给自己加压，也不需要互送礼品，我像依赖自己一样依赖他：不管他做什么，我都认为他是对的。

我发现接触的上流社会人士往往都很真诚直率，不会拐弯抹角。他们有什么需要隐瞒的？他们有什么要炫耀的呢？单纯与高尚的人有一种敏捷的智慧：他们一眼就能看出问题，他们拥有比才能和技能更好的品质，即真诚和正直。因为构成友谊和品格的，不是一个人有什么才能或天才，而是如何对待自己的才能。

拿破仑在与他的弟弟约瑟夫（后者当时是西班牙国王）的通信中显得宽宏大量，约瑟夫抱怨拿破仑的信中没有体现出他们年少时的深情，拿破仑回答说："我很抱歉，你以为你只能在逍遥世界中找到你的兄弟，四十岁的他自然不会像十二岁那样表现出对你有感情，但那更是真情实感，他的友谊是富有思想的。"

我们对那些为我们带来难得一见的英勇举止的人是多么宽容啊！

我们会原谅他们读书少、没艺术细胞,甚至缺乏更温和的美德,我们将他们铭刻在心。这是我小时候在拉丁学校学到的与最好的罗马逸事媲美的一课。

那些充满个人魅力的优雅行为举止往往令人振奋,使人效仿并变得更精致;但是,偶尔装出的不是发自内心的花里胡哨的优雅显得肤浅,甚至丑陋。所以,我们必须感知真正的美,使自己的行为举止越来越美。举止高雅的人自律、不轻率、不自卑、不自大、言而有信,每一个姿态和行动都显示出他们内心的强大。然后他们充满善心、不粉饰自己、不矫揉造作,给周遭的人带来快乐而不是痛苦。

给陌生人一餐一宿是善举,而高尚的品德是心怀善意,给同伴以勇气。我们必须对人有礼貌,就像对一幅画一样,为它提供明媚的光。不要想特殊的戒律,行善的才能已经包含了所有的戒律。每时每刻都会显示出一种与我片刻的心血来潮同样重要的责任;但我还是要把所有行为高雅之人都有的共同话题写出来,即理性的凡人都要绝对停止烦恼。

如果你没有睡,或者你已经睡了,或者你有头痛,或者坐骨神经痛,或者麻风病,或者雷击,我恳求你保持安静,不要用萎靡不振和痛苦呻吟来影响这个美好的清晨,所有人都要以宁静和愉快的心境从蓝调中走出来。爱上这一天,不要让天空远离你的风景。最年长和最值得尊敬的人应该非常谦虚地带动刚刚醒悟的伙伴,尊重神圣的沟通,把所有人看到新的希望之种子。

一位因为有着丰富生活阅历而满腹经纶的老者对我说:"当你走进房间时,我想我会研究如何让人性在你面前变得美丽。"至于文化这个微妙的问题,我认为,要制定具有积极意义的行为规则而不是消极规则,并激活它的内涵。谁愿意引导翩翩青年、美丽少女变得行为举止优雅直至完美？坦率地说，难于登天。教会年轻女孩温文尔雅不容易，但相信不断的努力一定会换来不可估量的成功。年轻就是无限可能，他们的优雅和幸福感似乎是天性使然，超出我们的想象力，无以言表。